目次

主な登場人物

ジミー・オハラ……………… メコン共和国上院議員
グレイス・オハラ………… ジミーの妻、アメリカ・ロングアイランド在住
ピーター・オハラ………… ジミーの息子、早稲田大学に留学中
アンドレ・チャンス……… ジミー・オハラの秘書

犬養《いぬかい》 渉《わたる》……………………… 早稲田大学・政治経済学部の学生
宇津見《うつみ》俊哉《としや》…………………… メコン共和国在住、共同通信記者

ラプチェット・ドミノ…… メコン共和国大統領
ロドリゴ・ラモン………… メコン共和国秘密警察長官
ジャン・シルバ…………… メコン共和国陸軍参謀本部特殊部隊長
カイン・マルコス………… メコン共和国軍情報部対テロ局員
ドゥエイン・ミン………… メコン共和国軍人、ピーターの幼なじみ

アナ・グエン……………… パール大学の学生
チャーリー・ドン………… パール大学の学生
ラリー・ウェン…………… パール市市長

ウィリアム・カートライト… メコン共和国に駐在するイギリス大使館員。一等書記官
ヒュー・ジョーンズ……… カートライトの部下
アルバート・イリス……… BBC（英国放送協会）特派員記者

エドワード・ゴードン…… メコン共和国に駐在するアメリカ大使館員。一等書記官
サラ・ドイル……………… メコン共和国に駐在するアメリカ大使館員。二等書記官
ライアン・スミス………… アメリカ国務省アジア担当部長

本作の時代設定は二〇一九年としている。
すなわち、世界中を混乱と恐怖に陥れた新型コロナウイルスが襲う前年である。

プロローグ

今の世の中には、民主主義ということばがはんらんしている。民主主義ということばならば、だれもが知っている。しかし、民主主義のほんとうの意味を知っている人がどれだけあるだろうか。その点になると、はなはだ心もとないといわなければならない。

『文部省著作教科書　民主主義』より

――一五年前、メコン。

音と光を遮断した独房は人格と知性を破壊する。

ジミー・オハラは収監二一日目で、五感が麻痺《まひ》した。酷《ひど》い拷問《ごうもん》の傷は、膿《う》んで腫《は》れあがっている。耳鳴りが止まず、ずっと水の中にいるような気持ち悪さだ。視覚も、おかしい。

二九日目で、時間感覚が消えた。

彼は、ただ、生きているだけの〝何か〟になり果てた。

ロドリゴ・ラモン秘密警察長官は、ジミーへの拷問を止めなかった。

ある日、目が覚めると、看守が彼の独房前で掃除を始めた。太い鉄格子の隙間《すきま》から、時々水しぶきが飛んできて房内がびしょ濡れになった。

廊下が明るくなり、看守のそれとは異なる靴音と共に、ラモンが現れた。

「オハラ上院議員、いかがお過ごしですか。今日は、素晴らしいゲストをお招きしました。限られた時間ですが、面会をお楽しみください」

　ラモンの合図で、鉄格子の前に二台のベンチが置かれた。

「ママ、すごいにおい。吐きそう」

　その声を聞いた瞬間、ジミーは人間に戻った。

「来るな！　ここに来るな！」

「パパ？　パパの声だ」

「来るな！　来てはいけない！」

　妻の声も聞こえた気がした。そして、純白のスーツを身に纏《まと》ったグレイスが視界に入った。

「来るな！　出て行け！」

「ジミー、そりゃ、あんまりだ。奥様が手作りのお弁当を持ってきてくれたんだ。家族水入らずで、楽しんでくれ」

　ラモンが嘲《あざけ》るように言った。

「ピーター、あれは、君のお父さんだ。お父さんは、悪いことをしたので、今、ここで反省しているところなんだ」

「ラモン！　黙れ！」

「ダメじゃないか、ジミー。そんな酷いことを言ったら、ご子息が怯《おび》えるぞ」

その時、息子が嘔吐《おうと》した。吐瀉物《としゃぶつ》が、ラモンの磨き上げた軍靴を汚したのだろう。舌打ちと共に殴打《おうだ》の音が聞こえた。

ピーターが泣き、グレイスがやめてと叫んだ。

その声で、ジミーは鉄格子を支えにして必死で立ち上がった。

看守が棍棒《こんぼう》でジミーの手を何度も殴打した。骨が砕けて、ジミーは号泣《ごうきゅう》した。

＊

二〇一八年夏、東京・早稲田《わせだ》大学――。

祖国メコンほどではないが、この日は陽射しがきつく、蒸した。

日本の大学に通い始めて二ヶ月余、自分はこの国で何を学べばいいのか、さっぱり分からないまま時間ばかりが過ぎていく。

英国・ケンブリッジ大学で楽しいキャンパス・ライフを満喫していたのに、突然、父から日本の大学への編入を命じられた。

「おまえには、是非とも日本という国を、よく知って欲しいんだ」というのが理由だった。

だが、自分にとってのメリットが、この国にあるとは思えない。

日本社会が、素晴らしいのは認める。アジア諸国が欲しいもののすべてが、この国にはある。

治安が良く、接する人は大抵親切だし、礼儀正しい。

だが、大学の質はケンブリッジに到底及ばないし、学生の問題意識は、驚くほど低い。

早稲田大学は、日本屈指の名門私立大学らしいが、多くの学生は、政治や社会に無関心で享楽的だ。

友達のパキスタン人留学生は、ことあるごとに「この国は、平和ボケの退廃に満ちている」と繰り返す。

この平和ボケの退廃社会から学ぶべき事とは何だろう――。

ベンチに座りながらピーターは、キャンパスを行き交う学生を眺めていた。

いきなりドラムとエレキギターの大音量が耳を打った。路上ライブとは日常風景だが、大音量にもほどがある。

その時、ドラマーが英語でシャウトした。

「僕らの国だ。僕らの未来、僕らが摑《つか》む！」と叫んでから、日本語で何か話し出した。

ピーターは、近くの外国人留学生をつかまえて、男のＭＣの内容を尋《たず》ねた。

「なんだ、知らないのか。彼はＩＰＣのワタル・イヌカイだぞ。明日、僕らは行動を起こします。無意味な憲法改正を強行する前に、立憲民主主義を守れと、国会前で強く訴えたいと思いますって言ってるよ。それから一緒にデモしようだってさ」

ＩＰＣが、〝I'll protect constitutional rights.〟「僕は立憲主義を守る」という意味だとも教えてくれた。

こんな子もいるのか。

ピーターは、ビラとリーフレットを受け取り、演奏している曲が収録されているＣＤを買った。

それから、電子辞書に頼りながらビラを読んだ。

「遂に決行。僕らの未来を守る訴え！」

〝戦後、日本はずっと日本国憲法の下で、どの国よりも安定かつ幸せに暮らしてきた。

素晴らしい憲法だと思う。

なのに現政権は、具体的な問題条項すら提示せずに、憲法改正のみを目的化している。

総理、あなたは、なぜ今、憲法改正を強行したいのか。

改正すれば、僕らの未来は輝くのか。

総理として、真剣に取り組むべきことが、他にあるのではないか〟

〝君は未来に何を望むか。

我々は、努力が報われる社会にしたい〟

日本は、良い国だなあ。

祖国でこんなビラを配ったら、秘密警察は断固許さないだろうな。国家反逆罪で何十年と刑務所にぶち込まれるし、最悪の場合は公開処刑される。

「俺たちの活動に、興味があるの？」

いきなり英語で尋ねられて、顔を上げた。

さっきのドラマーのワタル・イヌカイが立っていた。

「どうも、ピーター・オハラです。面白い活動をされてるんですね」

「面白いって。これでも真面目なんだけど。君、面白いこと言うね」

「僕の国では、こんな政治的主張をする若者は、いません」

「へぇ、どこの国？」

どうせ、知らないだろうなと思いながら、メコンと答えた。

「ラプチェット・ドミノ大統領による軍事政権が続いてる国だよね」

なんと。我が国の大統領を知っているのか。

「メコンの人には、俺らの活動は、確かにごっこ遊びにしか見えないだろうね」

「不愉快にさせてしまったら、ごめんなさい。馬鹿にしたわけじゃありません」

「メコンには、命がけで反政府運動をする市民が大勢いるもんなあ」

「時代は変わりました。若い世代で反政府運動を真剣にやろうと考えているメコン人なんて、少数派です。僕のように留学を理由に外国に逃げる者も増えたし」

「無関心あるいは無気力。俺たちの世代は、世界中どこも同じなのか」

「無気力とは少し違います。暴力に怯え、明るい未来を諦めざるを得ない。だから、現実から逃げているんです」

「だとしたら、もっと辛《つら》いね」

いや、ピーター自身もメコンの現状を正しく把握しているとはとても言えない。

「犬養さんの活動は、日本ではとても珍しいね。僕の日本人のイメージが変わりました」

「本当は、人前でやる活動は演説一本に絞りたいし、もっとガチな政治的議論をしたいんだ」

ところが、そんなイベントには、参加者がほとんど集まらないのだという。来るのは偏《かたよ》った思想を持った者ばかりで、最後は互いに詰《なじ》り合いになるそうだ。

「日本には、命がけで勝ち取らなければならない問題がないからでしょう」

「日本にだって、それなりに深刻な問題はあるんだけどね。ところでオハラ君は、日本の政治を、どう思う?」

「ピーターでいいよ。まだ、日本に来たばかりで、正直、批判が出来るほどの知識はないんだ。感覚的には、立憲民主主義を守ろうという君たちの訴えは重要だとは思う」

「ちなみに、誰が考えた憲法だと思う」

意味が分からなかった。

「日本国憲法は、第二次世界大戦後の占領下に、GHQが制定したんだ」

「それって、植民地向けのルールではなく？」

「歴《れっき》とした憲法だよ。戦争を放棄し、軍隊を有さない平和憲法であり、主権在民、平等主義という世界に比類なき素晴らしい憲法だ。さらに、制定されてから約七〇年も経つのに、一度も改正されていない」

「一度も？　すごいな。きっと立派な憲法なんだね」

「俺は、日本国民が憲法なんかに興味ないからだと思うよ。生活に関係ないから」

口調に幾分、皮肉がこもっているように思えた。

「なのに、君は立憲民主主義を守ろうと訴えているんだ」

「アメリカ人に押しつけられた憲法なんて許せない、だから改正するという理屈が、理解出来ない。それに、この憲法には利点も多い。たとえば、外国で紛争が起きても、憲法が集団的自衛権を認めていないという理由で、自衛隊は参加出来ないんだ。アメリカが与えてくれた素晴らしい憲法を破るわけにはいかないと主張出来る」

国際政治の常識としては屁理屈《へりくつ》だが、平和憲法を振りかざせば、先進国でありながら、国際紛争に巻き込まれない大義名分になる。

「尤《もっと》も、解釈は玉虫色《たまむしいろ》に変わる。知らない間に、憲法で禁止している集団的自衛権を認める法律なんかも、成立しちゃう。不思議な国だよ」

確かに不可解な国だ。

「俺、メコンの話をもっと聞きたいんだけど」

二人はその日、朝まで飲み明かした。

＊

二〇一九年四月、ロンドン――。

三ヶ月ぶりに帰国したウィリアム・カートライトは、リフォーム・クラブに足を運んだ。

貴族や議員が集う場は、どこもドレスコードが厳しい。カートライトはメコンではめったに締めないネクタイを締め、完璧に手入れされたシャツとスーツで訪れた。

「おはようございます、カートライト様。いつメコンからお戻りで？」

「やあ、ピート、相変わらず元気そうだな。三日前だよ。俺の客は？」

「窓際のボックス席にお通ししております」

ロンドン屈指のジェントルマン・クラブでの密談ならメディアのみならず、官僚や同僚の目からも守られる。

会費は決して安くはないが、スタッフの有能さは言うまでもなく、メンバーの口の堅さも折り紙付きだった。

クラブ内を歩いていると、知り合いから声をかけられた。保守党の下院院内総務だった。

「ご無沙汰《ぶさた》しております、バートン議員」

「これは珍しい顔に出会えた。どうだね、最近の東インド会社の状況は？」

既にそんな組織は消滅しているから、この場合は、インドをはじめとする英連邦のアジア諸国を指す。

「概《おおむ》ね良好ですね」

「問題はメコンか」

英連邦内で長年担当を務めていたバートンは、メコンが抱えている問題にも関心を持っている。

「次の大統領選挙次第です」

「まさか、あの野蛮人が居座るんじゃないだろうね」

ラプチェット・ドミノ大統領のことだ。

「そのはずです」

「後釜は？」

「ジミー・オハラが有力ですが、中国やアメリカが別の候補者を立てようとする動きもあります」

バートンが大きなため息を漏《も》らした。

「アヘン戦争で勝った時、中国を徹底的に叩《たた》くべきだった。そのうえ、第二次世界大戦でも叩く相手を間違えたのだ。まず中国をぶっ潰《つぶ》して日英で統治するのが正解だった」

保守党の下院院内総務たる人物の発言にしては大胆だが、これがバートン議員の真骨頂《しんこっちょう》だ。口は悪いが、教養と知識は豊かで、その発言には含蓄《がんちく》があった。

「でしたら、独立戦争の時に、ワシントン軍を叩き潰しておかなければ」

「確かにな。まあ、よろしく頼むよ。我々の出る幕がないような素晴らしいお手並みを拝見したい」

バートン議員が、メコンの次期大統領選挙についての情報をどの程度掴んでいるのか分からなかったので、カートライトは曖昧《あいまい》な笑みを返した。

ジミー・オハラは、ラウンジの一番奥まったボックス席で、熱心に本を読んでいた。

「上院議員、お待たせしてしまいました」

「あっ、カートライトさん！　気がつかず、失礼しました」

一八〇センチ近くある長身、広い肩幅のオハラが立ち上がった。あと三ヶ月で六〇歳となるカートライトより、オハラは七歳若い。彼のことは、メコン共和国の上院議員に立候補した時から知っていた。

「ビルと呼んでください」とオハラに告げると、「じゃあ、私のことも、昔と同じようにジミーと」と返された。

今や大統領候補となったオハラに敬意を表したのだが、そんな気遣いは無用と言いたげだ。

「分かりました、ジミー。元気そうで良かった」

オハラは、年を取らない。今も若々しく、エネルギッシュだ。

「色々ガタがきていますよ。ビルこそ、年を取らないですね」

「私の場合は年を取らないのではなく、若い頃から老《ふ》け顔だったんです」

謙遜《けんそん》ではなく、外務省に入省した当時、何人もの先輩に「本当はいくつなんだ」とからかわれたものだ。定年を前にしてようやく、年齢相応の顔になったに過ぎない。

ウエイターが注文を取りに来た。カートライトはスプリングバンクのソーダ割りを、オハラはアールグレイのミルクティを頼んだ。

「メコンにいらっしゃると思っていたのに、ロンドンで会おうと言われて、驚きました。転勤ですか」

カートライトは、これまでに三度メコンに赴任している。最初は、二八歳の時で、文化担当アタッシェとして三年駐在した。二度目は二三年前で、二等書記官として六年。その後、メコンをはじめとする東南アジア第二課長に昇格し、一年半前に、三度《みたび》メコン駐在となった。まさか、リタイア目前に、そんな辞令が出るとは想像していなかった。

現メコン大統領による民政の移行を監視するために、エキスパートが必要だと説得されて、渋々了承した。

「いや、もう駐在員のまま定年です。ジミーに会うためだけに、帰国したんです」

「つまり、英国政府が、私の出馬について、正式な意思表示をしてくださるということですか」

三ヶ月後に迫ったメコンの大統領選挙に、オハラは出馬すると表明した。その支援を英国政府に求めているのだ。

オハラは、常に真っ直ぐにこちらの目を見て話す。誠心誠意、真摯《しんし》な姿勢を崩さない。それが辛くて、カートライトはタバコをくわえて火を点《つ》けた。

「いえ、その前に、あと一つ伺《うかが》っておきたいことが出来たんです。ご承知のように、我が国はEU離脱《ブレグジット》の影響で、財政的に厳しい状況にあります。そのため、我が国があなたを支援する大義名分が必要だと、上層部が申しておりまして」

もはやメコンとの関係を断ってもよいのではないか、という意見は、外務省内にもある。

英連邦の一員であるメコンは、これまで英国に大きな富をもたらしてきた。その国土には、石油、金、さらには稀少燃料資源が豊富に埋蔵《まいぞう》されており、それらの採掘権を英国系企業が独占していた。

ところが、軍事政権が樹立されると、あらゆる利権は政権の支配下に置かれる。英国企業は事業こそ継続できたものの、収益の半分をメコン政府に献上しなければならなくなった。拒めば、英国企業は追放され、ロシアや中国企業が取って代わると通告された。既に、狡猾《こうかつ》な米国企業に、いくつもの利権を奪われている。それだけに、その脅《おど》しには、説得力があり、英政府は収益配分率を上げるべく努力せざるを得なかった。

だが、軍事政権に対する国際世論が厳しくなり、英国も他の先進国と歩調を合わせた経済制裁に参加せざるを得なくなると、メコン利権の放棄が現実味を帯びてきた。

一方で、メコンでの収益を維持したい勢力もあり、軍事政権を打倒して利権を取り戻そうと目論《もくろ》んでいた。

オハラは、彼らにとって、魅力的な存在だったが、問題は彼が大統領に当選した暁《あかつき》に、英国の希望を受け入れるかどうかだ。

メコンを「普通の民主的な独立国家にしたい」というのが、オハラが出馬する最大の目的だ。だとすれば、彼が権益を英国に渡すとは到底思えない。

メコンのものは、メコン国民のために使われる――。

それが、「普通の民主的な独立国家」の常識だからだ。

そこでオハラを説得するために、メコンを熟知するカートライトに、白羽の矢が立ったのだ。

「一月《ひとつき》ほど前、オックスフォードにある民間の研究機関に、ある物質の分析を依頼されましたよね」

カートライトが他聞をはばかるように小声で囁《ささや》くと、オハラは苦笑した。

「さすが英国秘密情報部《SIS》の情報収集力は、凄《すご》いですね。ええ、その通りです」

「分析結果は、あなたが期待された通りのものでしたか」

「いかにも」

この情報が拡《ひろ》まれば、いずれ先進諸国が一斉にメコンに擂《す》り寄ってくる。早々に手を打つ必要があった。

「その採掘権の半分を、英国に戴《いただ》きたい」

微妙な沈黙が暫《しば》く支配した。

やがて、オハラが笑い出した。

「ビル、それは欲が深すぎますよ。一〇%であれば、応じます。ご存じのように、我が国の資源の多くは、英米両国に搾取《さくしゅ》されています。そのせいで、世界屈指の資源保有国にもかかわらず、我が祖国は一向に豊かになりません。あの資源だけが、我が国の頼みの綱です。それを半分も寄越せとは……」

呆《あき》れてものも言えないとでも言いたげに、オハラは首を左右に振った。

「三三%。これを受けてくれたら、採掘に必要な費用の負担と、採掘技術の提供、そして最終的な製品に至るまでの精製加工費の負担を英国が約束します」

「二五%。これが、最終アンサーです」

上司からは、三〇%が譲歩の最終ラインだと言われている。だが、一度決めたことを、オハラは絶対に変えない。これ以上は無理だと判断して、カートライトは承諾した。

「ビル、私からもお願いがあります。政治資金をご提供いただけますか。米ドルで二〇〇〇万ドル。ぜひ、用立てて欲しい。それと、副大統領には、現役の陸軍幹部を考えている。それを受け入れてもらいたい」

オハラは大富豪で知られ、夫人の実家も大富豪のはずだ。なのに選挙資金の無心をするとは。

運ばれてきたスコッチ・ソーダに口を付けてから、答えた。

「具体的には、どなたをお考えですか」

「まだ言えませんが、軍との二人三脚を確立すれば、政権が安定すると考えています」

「なるほど。では、具体的にお名前を伺えれば、当方でも検討いたします」

実際のところ、英国は、こちらの意のままにできる者を副大統領として送り込むつもりだ。

「最後にもう一つ。貴国が有していた権益は返還してもらいます。それから一部の収益をお渡しするのも中止します」

「ジミー、ちょっとやりすぎですよ。権益返還については、二一年前に、貴国と英国政府との間で結んだ覚書があるじゃないですか。満期までまだ九年あります。それを前倒しにするのは難しいですね」

「難しいのは分かっている。しかし、民主化を進めても、基幹産業の収益がおしなべて貴国に流れるのは問題です。事業権を公開入札したいと思います」

この男が大統領に就《つ》けば、政治と経済両面での、真の独立を目指すだろう。

それでは、英国が支援する意味がない。

英国としては傀儡《かいらい》大統領政権の樹立が目的だが、今のところはオハラを全面支援して、大統領就任後に再検討すればいいかも知れない。

「上院議員、ご希望の件、すべてそのように取り計らいましょう」

＊

「憲法改正を阻止したら、日本は良くなるのか」

面談の終わりがけに、遠野《とおの》はいきなり問うてみた。政治学科でジャーナリズム論を教える遠野学《まなぶ》の教え子である犬養渉《いぬかいわたる》に前から尋ねてみたかったことだ。

「今更、凄いことをお尋ねになるんですね」

犬養に別に怯《ひる》んだ様子はない。

立憲民主主義を守ろうというＩＰＣの代表を務める彼は、メディアにも取り上げられるちょっとした有名人だった。こんな質問など、耳にタコができるぐらい受けているだろう。

「俺も憲法を大切にする姿勢は、重要だと思う。だから、君の活動も応援している。だが、国会議事堂前であんな派手なパフォーマンスをやるほどのことなのか、とも思うんだ」

学生の活動について、遠野はあまり関心を持たない。しかし、政治活動のために一年間休学したいと犬養が言ってきたので、その動機を知りたくなったのだ。

「日本のために、立憲主義を訴えているわけじゃないんで、何とも答えられません」

「初めてのゼミの飲み会で、『努力が報われる社会ってのを、自分たちの手で摑みたいんですよね』って、君が熱く語ったのを今でも覚えているぞ」

「若気《わかげ》の至り、ですかね。でも、未来に希望を持つためには、政治が正しく機能するべきだと思っています」

「それが、憲法を守れという運動に繫《つな》がるのか、私にはよく分からないんだ」

長年、通信社の海外特派員だった遠野は、ジャーナリズムの最大の使命は、「権力の監視」だと考えている。だから、憲法改正の問題にゼミ生が興味を持つことは、大歓迎だった。

だが、憲法改正を阻止するために、政治活動を行うとなると、それは、既にジャーナリズムの範疇《はんちゅう》を超えていた。

まさに若気の至りで、犬養は政治活動に耽溺《たんでき》しすぎていた。

「己の名声のために憲法を変えようとする総理が許せないんです」

「それは、憲法改正を止めたいのではなく、暴走する梶野《かじの》総理を潰したいだけじゃないのか」

「まあ、そうですけど」

「不毛だな。総理の暴走を潰したとして、何か変わるのか」

犬養には意外な問いだったらしく、一瞬、驚いたような顔をした。

「それは、分かりません。でも、日本がもっとダメになるのが分かっているのに、手をこまねいているわけにはいかないでしょ」

若者特有の焦燥感《しょうそうかん》が、犬養らの原動力なのだろう。だが、エネルギーの方向が間違っている。犬養の父親は、日本でも著名な憲法学者だった。遠野は、犬養の運動の根源には、父への反発もあるのではないかと見ていた。

「そもそも憲法改正なんて、君ら若者が、本当に考えるべき問題なのかとも思うね」

「えっ！ でも、憲法は法律の根本ですよ。そこが切り崩されたら、国家じゃなく

「憲法発布の直後から、日本国憲法には問題がある、と議論されてきた。また、戦後の劇的な時代変化に条文がフォローできていないという批判もある。けどな、我が国は、解釈という盾《たて》を掲げて逃げてきた。また、具体的な対処法は、『法律でこれを定める』という一文のお陰で、切り抜けた。憲法学の先生には叱られるが、憲法なんてヘソみたいなものだ。社会が機能したら、もう誰も存在なんて気にしない。本当の敵は、梶野ではなく、梶野を欲した日本社会じゃないのか」

犬養は、呆気《あっけ》にとられている。

「衆愚政治《ポピュリズム》を問題にしろってことですか」

「そんな単純な話ではないな。バブル以降、沈み続ける日本を認めたくない世代、つまり昭和世代が梶野を求めている。

彼らは、ネト右《ウヨ》やヘイトスピーチをがなっているような連中ではない、普通の常識的な大人だ。だから、常に与党が圧勝するんだ。自己分析が出来ずに、現実逃避をするような大人たちがこれ以上増えたら、この国は確実に滅びるぞ。そして、ツケは君たちの世代が払うことになる。まさに、二度と立ち上がれず、亡国の民になる。それを阻止することこそが、問題意識のある若者の使命じゃないのか。だから、俺はジャーナリズムの復権を叫んでいる」

犬養は俯《うつむ》いて考え込んでいる。

「先生、その点については、異論があるんです。ジャーナリズムって、結局、第三者の目に過ぎない。僕らは当事者になるべきだと思うんです。無論、権力を監視したり、批判したりする観察者の目は大事です。

でも、僕は当事者になりたい。それが、IPCを始めたきっかけでした」

「それは、間違いじゃない。当事者となって未来の希望に向かって社会を導く者は、絶対に必要だからな」

「だから、一度、日本から飛び出してみたいんです。そして、命がけで政治活動をしなければいけない場所に身を置いて、政治を考えたいんです」

それが、犬養が休学して、メコンに行く理由だった。同じゼミ生であるピーター・オハラの父の大統領選挙出馬が噂《うわさ》されており、二人で選挙運動を手伝うという。

＊

アメリカ中央情報局本部の一室で、アジア担当統括工作官から報告を受けていた副長官のマイケル・ジョンソンは、ため息をついた。

メコンで新しい資源が見つかったという。その資源は一刻も早く我が国が手中にしなければ。

ベトナムやロシア、何より中国に奪われでもしたら、一大事だ。

尤《もっと》もホワイトハウスは、東南アジアに関心がない。それはCIA内にも影響を及ぼしており、同地域の来年度予算は半減される。そのため、人員は三分の一にしなければならないし、既に削減計画の提出まで求められている。

「エビデンスが足りないな」

「ジョンソンの指摘にアジア担当統括工作官は、いかにもと言いたげに頷いた。

「端緒《たんしょ》を摑んだ程度ですから。重要なのは、イギリスはもっと詳しいネタを摑んでいる点です」

「イギリスは、大統領選挙でオハラ上院議員の支援を決めたのか」

「まだ、決定はしていません。しかし、既にドミノ現大統領との関係は、修復不能になっています。この資源の採掘権の独占と引き換えなら、オハラ支援を決めるかも知れません」

ハードネゴシエーターで知られるオハラが、そんな貴重な資源の採掘権をイギリスに渡すとは思えない。だとすると、まだ、逆転の余地はあるかも知れない。

「イギリスが手に入れられるのは、せいぜい共同採掘権だろうが、他国を排除する条項を入れる可能性は高いな。いっそのこと、メディアに情報をリークしたらどうだ?」

「それも考えたんですが、あまりメリットがないかと」

確かにそうだ。

「採掘権は、オハラが握っているのか」

「産出地域の地主から、オハラ上院議員が購入したらしいです」

つまり、メコン共和国のものではなく、オハラ個人が独占しているわけか。

「ドミノは、どうだ。このところ、国連の勧告にも積極的に応じているようだが。我が方に取り込んで、オハラから採掘権を奪う手もある」

「国際世論を敵に回すんですか。奴は、三選のために、強引に憲法改正して顰蹙《ひんしゅく》を買ったばかりですよ」

メコン共和国の憲法では、大統領の三選を禁じている。

「オハラ上院議員を、我が方に引き寄せられる可能性は?」

統括工作官は本気でそんなことを言っているのか、という顔をした。

「我々は、二度に亘《わた》って、彼との約束を反故《ほご》にしました。その遺恨は根深いでしょう。米国への移住を勧めても、彼がロンドンから離れないのは、我が国に対する不信ゆえでは?」

「妻はロングアイランドにいるんだろ」

「彼女は、すっかりアメリカ暮らしに馴染《なじ》んでいます」

「じゃあ、彼女を使って取り込めないのか。オハラは、愛妻家だったはずだ」

「妻は、大統領選出馬に反対しています」

厄介だな。

「息子はどうだ」

「ピーター・オハラは、昨年の春から日本に留学しています」

「なんで、日本なんだ！」

「日本が世界で一番安全だからだと」

バカだな。あの国は単に無防備なだけだ。治安は良いが、非合法活動をする気になれば、楽勝で成功する。

「ハーバードかプリンストンにでも、引っ張ってくればどうだ？」

「母親もそう願っているらしく、説得し続けていました。しかし、最初は日本に馴染まず脈があったのですが、今ではすっかり日本が気に入ったようで、母の言うことなんて聞かないそうです」

「何か手立ては考えているんだろう？」

「作戦遂行のためにはまとまった資金が必要です。また、イギリスとの共同戦線も考慮すべきかと」

「それは、ダメだ。イギリスは、信用ならない。中国に擂り寄るイギリスを大統領が許すわけがない」

ＥＵ離脱《ブレグジット》を断行して以来、イギリスは中国との連携を強めている。

統括工作官が、暫く考え込んだ。

「分かりました。では、この案をご了承戴くしかありません」

〝オペレーション・スカーレット〟と書かれたファイルが差し出された。下手な命名だ。

第一章　覚悟

同じ人間が長いこと大きな権力を握っていると、必ず腐敗が起こり、堕落が生ずる。そうして、権力が少数の人々に集中しているために、それが薬にならずに、毒となって作用する。その悪い作用を国民に隠して、独裁政治のいい点だけを宣伝するために、いろいろなうそをいう。

『文部省著作教科書　民主主義』より

1

二〇一九年、メコン首都・パール――。

気温摂氏四〇度、湿度七五％――一週間ぶりのメコンの暑さは、体に堪《こた》えた。それでもウィリアム・カートライトは、麻のスーツで英国大使館からメコン随一の高級ホテル、インペリアルホテルまで、約一〇分かけて歩いた。

大使館員の大半は、徒歩一分の場所でも公用車を使う。炎天下を歩くなど、セレブのやることではないと思っている。

カートライト一人が徒歩にこだわり続けている。街で起きている微妙な変化は歩いてこそ分かると、彼は考えている。街には人々の不安や期待が息づいている。活気があるように見えても、その活気の質が異なる場合もある。

それに、タバコ屋の老婆の愚痴《ぐち》や靴磨き職人の呟《つぶや》きまで、街は情報の宝庫だった。

たった一週間、パールを留守にしただけで、大きな変化を感じる。街に不安が色濃く漂っていた。来月に予定されている大統領選挙の告示を前に、不穏な事件が起きないかという怯《おび》えが表出しているのだ。

道路を行き交う車のクラクションはいつも以上にヒステリックだし、人々の会話もどことなく刺々《とげとげ》しい。

毎日立ち寄るタバコ屋の老婆も不機嫌だった。

「どうした婆さん、元気ないじゃないか」

「当然だろ。軍人が街に溢《あふ》れてるし、秘密警察の奴《やつ》らがあれこれ嗅《か》ぎ回ってるんだ。あんたのような英国人としゃべっているのを見られるだけでも逮捕されるかも知れないんだよ。とっととカネを払って帰ってくれ」

相当な剣幕だ。悪気があるわけではない。だが、ほんの小さなミスで秘密警察に拉致《らち》され、そのまま帰らぬ人がいくらでもいる国なのだ。国民は街の緊張感を敏感に嗅ぎ取って、神経質にもなる。

赤いパッケージのダンヒル・ライト二箱を受け取ると、いつもよりチップをはずんでカートライトは店を後にした。

インペリアルホテル一階のテラスカフェを覗いてみた。

英国統治時代に建てられたコロニアル様式のホテルは、メコン駐在の欧米人の客が圧倒的に多かった。値段は張るが、スコッチもバーボンも銘柄が揃《そろ》っているし、カクテルだってまともなものが飲める。

カートライトがテラスに近づくと、顔見知りのボーイのボブと目が合った。今日は客が少なく、彼も手持ち無沙汰のようだ。

「お帰りなさい、ミスター・カートライト」

「やあ、ボブ。今日はやけに暑いな」

今日が特別暑いわけではない。パール滞在中、毎日顔を出すカートライトは、毎度この会話を繰り返している。

「失礼します。ミスター・カートライト、お連れ様は既にご来店されていて、涼しい席がお望みでしたので、奥のお席へご案内しています」

今日の連れは、暑さが苦手で、常に一番冷房が効いている場所を占領する。肌寒いぐらいの冷風が直接当たるテーブルで、お目当ての相手が待っていた。アメリカ大使館一等書記官、エドワード・ゴードンだった。

軍人上がりで身長が二メートル近くあるゴードンは、アメリカ人のイメージそのものだ。

ゴードンが体を丸めながら、ダイキリを飲んでいる。文豪アーネスト・ヘミングウェイが愛飲したカクテルで、ゴードンはその文豪にあやかってラムの量を倍にした「パパ・ダイキリ」を好んだ。

「あんたは、暑さを感じないのか」

挨拶も抜きで嫌みが飛んできた。

「もう慣れた。風通しが良ければ、だいたいの暑さは耐えられる」

「まったく理解できんな。俺は今だって暑くて死にそうだ」

薄汚れた白のポロシャツにバミューダパンツという出で立ちなのに、ゴードンの額には汗が滲《にじ》んでいる。

「少し痩《や》せたらどうだ。そうすれば、体も楽になるぞ」

ゴードンは、退役軍人にありがちな体型をしていた。腹に肉がだぶつき、首回りにも脂肪がこびりついている。一方、カートライトは二〇代から体重が変わっていない。

「俺はあんたほどストイックな生き方ができんからな」

そこで、カートライトがいつも飲むシンガポールスリングがテーブルに置かれた。

「メコンに！」

アメリカ人は何でも乾杯したがる。

「で、ロンドンはどうだった？　ジミー・オハラと会ったそうじゃないか」

なるほど、ロンドンはどうだった？　ジミー・オハラと会ったそうじゃないか」


なるほど、ＣＩＡもそれなりに仕事はしているわけか。

「アメリカは、ドミノの三選を支持するそうだね」

ゴードンはカクテルを飲み干すと、ボーイにバドワイザーを頼んだ。

「誰が、そんなデマを飛ばしているんだ」

「中国もドミノ推《お》しなのは、ご存じかね」

ゴードンは表情を変えない。

米中関係を敵対的だと考える者が多いが、その実、覇権国家である両国は、とてもよく似ている。したがって、互いに牽制《けんせい》はしつつも、共存共栄という現実路線を選択することも多い。

「中国がドミノを推すのは当然だろう。莫大な額の袖の下を摑《つか》ませ、ビッグプロジェクトを次々と受注しているんだからな」

だからこそ、英国はドミノを見限ったのだ。大統領就任時には愛国心も憂国の情もあったはずなのに、今やカネの亡者になり下がった。

「ビル、まだ俺の質問に答えてないぞ。英国《ＧＢ》はジミー・オハラを大統領に推す気なのか」

「我が国は、メコンでの真の民主主義の確立を期待している、ってところじゃないか」

「笑わせるぜ。GBほど民主主義という美名の下に、自国の利権を貪《むさぼ》った国はないんだ。それが、今になってメコンに真の民主主義の確立とはお笑いぐさだ」

ならば、笑えばいい。

いきなり巨体がテーブルに乗り出してきた。

「なあ、ビル。俺たちは同盟国《パートナー》だよな。だったら、すべてオープンにしないか」

「おまえさんは、何一つオープンにしてないじゃないか」

「オッケー、じゃあ、正直に言おう。俺たちもジミーを推したい」

「ジミーはUSAを信用していない」

「だから、一緒の船に乗せてくれと頼んでいる」

ゴードンは、運ばれてきた缶ビールを掲げた。

「大国である貴国がメコンの大統領選ごときで我が国に媚《こ》びるとは。一体、どういう風の吹き回しだね？」

「俺たちは兄弟だからな。確かに最近は弟分の俺たちが相当力を付けはした。だが、どれだけ頑張っても兄貴には勝てないからね」

ますます信用ならない。もしかして、あの情報《ネタ》を察知されたのだろうか？

ゴードンが大げさにため息をついた。

「細かいことにこだわるなよ。分かってるんだろ？　要するに俺たちもお宝が欲しいんだ」

2

上機嫌のままカフェを出るゴードンを見送りながら、カートライトはもう一杯酒を注文した。ハイランドパークのストレートだ。

「ここは、涼しくて気持ちいいですね」

一口舐《な》めたところで、ヒュー・ジョーンズが声をかけてきて、先程までゴードンが座っていた席に座った。ロンドンから連れてきた副官だった。

三年前まで優秀な工作官だったが、ベトナムで大失態をして帰国、その後、酒に溺《おぼ》れて、閑職《かんしょく》に追いやられた。だが、一念発起して酒を断ち、かつての上司だったカートライトに現場復帰を嘆願《たんがん》した。周囲は反対したが、カートライトは彼にチャンスを与えた。

「感度はどうだった?」

「良好です。それにしても、オッサンふざけた話しやがって」

そう言いながら、ヒューは上着の内ポケットに差していたペン型マイクのスイッチを切った。

ヒューは、レモンスカッシュをオーダーした。今のところは禁酒を守っているようだ。

「どこから、情報が漏れたかを調べてくれ。いずれにしても、選挙戦略を練り直さなければならない。アメリカは、何が何でも利権獲得に動くだろう」

「了解しました。ところで先ほど、オハラ上院議員は、アメリカを信用していないとおっしゃってましたが、何があったんですか」

カートライトは、ハイランドパークを一口飲んでから、説明を始めた。

「ラプチェットが、国際世論に屈して、ジミーを国外追放処分にした時、アメリカが家族全員を引き受けた」

苦い経験だった。長年の付き合いを考えるとジミーは、必ず英国を、いやカートライトを頼ってくると思った。ところが、妻のグレイスらの影響もあって、彼らが選択したのは、アメリカだった。

「受け入れに際して、アメリカは、ジミーにいくつか条件をつけた。政治活動を行わないこと、メコン国民と連絡をとらないこと、外国にいる活動家との接見禁止だ」

「かなり、無理筋の条件じゃないですか」

「アメリカは、表向きラプチェットの圧政を批判していたが、メコンの資源利権の奪取を狙っていた。また、第三国を迂回《うかい》して、武器も輸出していた。そのため、ジミーが政治活動をするのを嫌った」

さすが、アメリカのお家芸だ。善人面をしながら、陰で金儲けを忘れない。

「当時のジミーは、廃人同様だった。そのうえ、グレイスが、家族のために政治活動をやめてと泣いて説得したこともあって、彼はアメリカに移住した」

やがて、健康を取り戻し、精神的にも回復していくと、ジミーは、様々なルートから、アメリカの不実を知る。そして、何度か政府高官に、ドミノ政権への支援や武器供与を止めるように進言した。

しかし、アメリカは「善処する」「大統領に必ず伝える」と言いながら、何の手も打たなかった。それどころか、ジミーに対して、受け入れ時の条件を逸脱していると非難を始めた。

一方で、海外にいた同志が再び結束し、ジミーに政治活動再開を求める声が強まった。

「すかさずアメリカ政府は、政治活動を行うなら、国外追放し、ジミーがアメリカで保有する資産を凍結すると警告した」

「いかにもありそうな話ですね」

「そんな中、ジミーの母校、ケンブリッジ大学から講演依頼があった。アメリカ政府は、ジミーの渡英を認めたのだが、イギリスに到着後に、アメリカに帰国したら逮捕すると通告した。以来、彼はアメリカに入国できなくなったんだ」

そんな国が、メコンの大統領選挙に出馬するジミーを応援するとは、厚顔無恥もいいところだ。

「そこまでの仕打ちをしておいて、選挙協力をしたいというのも、アメリカらしいですけど、オハラ上院議員が首を縦に振らないでしょう」

「俺もそう思う。だから、何か仕掛けてくるだろうな。それは、俺が調べる」

ジミーにも警告しておくべきだな。

「ところで、ジミーが想定しているという副大統領候補の件だが」

「昨晩から今朝《けさ》にかけて、ロンドンで管理していた情報提供者《アセット》四人と会いました。一人は陸軍参謀ですが、彼の話では、軍には一定の独立権を認めるならオハラ上院議員を推すという幹部が多いそうです。また、オハラ上院議員が副大統領候補に軍人を指名しようとしているのは間違いないかと」

「軍をまとめているのは誰だね」

「まだ摑《つか》めていません。副大統領候補のリストにある三人についても、判断材料が少なくて。秘密警察のせいで、ほとんど表立った動きは見えません」

ドミノは独裁体制を固めるにあたり、秘密警察を完全掌握し、徹底した恐怖政治を布《し》いていた。反大統領派はもちろん、自由主義者や知識層を次々と逮捕した上で、殺している。彼らの存在によって国民に強い恐怖心を植え付け、独裁政治はさらに強固に維持されるのだ。

「一刻も早く軍部におけるジミーの支援者を特定してくれ。特にジャン・シルバが気になる。彼の情報は集められそうか」

オハラ派の副大統領候補リストにある軍人の中で、カートライトが知らない人物だった。

「まだ、調査中です。もう少しお時間をください」

ボブが運んできたストレートのハイランドパークを一瞥《いちべつ》したが、特に気にすることもなくヒューはレモンスカッシュを飲んだ。

「落ち着かないのか」

「すみません、久しぶりの現場で神経質になっています。でも、すぐ慣れますから、大丈夫です。それよりも、オハラ上院議員暗殺計画があるようです」

「ジミーの暗殺計画なら、毎月のように耳にするぞ。特に最近は、至るところで帰国したら暗殺されるという情報を耳にしている。しかし、どれもガセだ」

その大半は、大統領の息の掛かったメディアや秘密警察が恣意《しい》的に流している。

「だといいんですが」

ヒューは何か言いたそうだ。

「気になることがあるなら、遠慮なく言えよ」

「軍の特殊部隊、いわゆる暗殺部隊が存在しているのは、ご存じでしょ。その精鋭数人が姿を消したそうなんです。彼らは今、特殊任務のための訓練をしているという話で」

「つまり、大統領がジミーを暗殺しようとしていると言いたいのか」

ヒューは肩をすくめた。イエスということか。

だが、帰国するなりジミーを暗殺したら、黒幕が大統領なのは一目瞭然《いちもくりょうぜん》だ。そんなことが世界に知れたら諸外国から今まで以上の厳しい経済制裁を加えられるのは、ドミノにも分かるだろう。秘密警察による暗殺はさすがに考えにくかった。

「大統領がジミーを殺したいのは本音だろうが、同時に絶対に死なれては困るとも思っているはずだ」

とはいえ、用心するに越したことはない。ジミーは嫌がっていたが、ロンドンを発《た》つ段階から、密かに身辺警護をするようにロンドンに要請しようと思った。

3

帝国ホテルの上層階でエレベーターを降りた瞬間、スーツ姿の男二人に行く手を遮《さえぎ》られた。スーツの襟《えり》にSPのピンバッジがあった。

「ピーター・オハラです。父に会いにきました」

「ヘイ、ピーター！」

男たちの背後からメコン訛《なまり》のある英語が飛んできた。

父の親友で、秘書も務めるアンドレ・チャンスだった。

「ああ、アンドレ小父《おじ》さん、ご無沙汰《ぶさた》です」

母国語で返すと、SPが壁際に下がった。

「また、男を上げたな。日本人の恋人でもできたか」

アンドレはメコンの富豪の次男坊で、無類の女好きだった。

離婚歴が四回あり、その度に大金をむしり取られている。それでも懲《こ》りずに、現在は二〇歳も年下のアメリカ人女性との恋愛に夢中だ。

「僕は小父さんと違って、モテませんよ。それより、お元気そうで何よりです」

「俺のどこが元気そうなんだ。相も変わらず、ジミーは勝手ばかり言うし、日本政府は中途半端な支援しか約束してくれないんで、俺はゆっくり眠ることもできないんだ」

言葉ほどは大変そうに見えない。

「いよいよですよね」

父が出馬を予定している大統領選挙告示日まで二ヶ月を切った。

「そうだ。ラプチェットの馬鹿たれが怖気《おじけ》づいて、戒厳令でも敷いたら別だがな」

メコンの現大統領ラプチェット・ドミノが最初に大統領に就任したのは一〇年前で、クーデターによって軍部が樹立した暫定《ざんてい》政権の時だった。以来、大統領選はおろか、国会議員の選挙も行われていない。まずは賢明なる君主による国家建設を優先させるべきで、選挙は二の次というのが長年のドミノの主張だ。

一見、国父のような寛容さを見せつつも、ドミノの政治を批判する者は誰であろうと容赦《ようしゃ》なく逮捕して、死刑や長期刑を科した。

あまりの暴君ぶりを憂《うれ》えた国連は五年前に、健全な民主化を行わないなら経済制裁を加えると警告、それでようやくドミノは大統領選挙と上院議員選挙を実施したが、ドミノは、軍部と暴力団を駆使した暴力的で高圧的な選挙を展開し、圧倒的な得票で勝利した。

これによって形式上は、ドミノは国民に選ばれた、つまり民主的に勝利した大統領になったのだ。

バカげた理屈だったが、狡猾《こうかつ》なドミノは、大統領就任直後に、「今後五年をかけて、健全な民主国家への移行を図る」と宣言して経済制裁の危機を回避、ますます権力者としての地位を盤石《ばんじゃく》にした。

そして、一部の政治犯に恩赦《おんしゃ》を与え、ピーターの父、ジミー・オハラもその時に釈放された。ただし、「帰国したら死刑」という条件で国外追放している。

やがてジミー・オハラやアンドレら国外追放された政治犯は先進各国を拠点にして、メコンの圧政を声高《こわだか》に叫び始めた。

国際世論がそれを後押しし、見せかけだけの民主化移行に批判の目が集まった。

そして、昨年、遂にすべての政治犯の釈放と政治活動の再開を容認しなければ、再び経済制裁を加えるとの国連決議が行われ、ドミノは大統領選挙と上下院議員選挙の実施を宣言したのだ。

今回は国連から派遣された選挙監視団が、厳しく目を光らせることになっている。

ドミノの最大のライバルは、国民から熱狂的に支持されているジミー・オハラ上院議員だ。

国連決議を受けて、ジミーの帰国禁止条項は破棄され、上院議員の身分も復活した。

そして、ジミーはロンドンで、大統領選挙への出馬を表明、メコンに戻ると明言したのだ。

「父子《おやこ》水入らずの時間をたっぷり楽しんでこい」

アンドレに背中を押されてピーターは部屋に入った。

出迎えた父は、とても年老いたように見えた。

「ピーター！　久しぶりだな。元気そうじゃないか」

父に抱きしめられると、懐かしい葉巻の匂いに包まれた。

「おまえ、いい体になったな」

「日本でも水泳を続けているからね」

「日本での暮らしは、慣れたか」

「おかげさまで、刺激的な日々を過ごしています」

二人はソファに並んで座った。

「例の友達のお陰か。確か著名な憲法学者の犬養威史《いぬかいたけふみ》教授のご子息だったな」

この数ヶ月、父に送るメールの大半は、渉《わたる》と共に活動しているＩＰＣ（Ｉ］

protect constitutional rights.「僕は立憲主義を守る」）のことだった。

「そう。父さんは、昔会ったことがあるんだね」

「随分前、日本に二年間だけ留学していた頃に、色々とお話を伺った。印象的だったのは、日本国憲法はアジア的思想が詰まっているということだった」

犬養教授によると、日本国憲法が様々な解釈を許すのは、多神教的なアジア思想である日本が、一神教を信奉する西洋的発想に基づく憲法を受け入れたことによる化学反応だという。

日本の憲法は、GHQの占領下で米国が中心になって制定したものだ。尤《もっと》も、日本の状況を完全に把握していなかったアメリカの法律家は、絶対に譲れない戦争放棄や天皇の位置付けだけ固めておいて、あとは、現実に即して改正すればいいと考えて制定した。戦後一度も、憲法を改正せずにきた最大の理由はそこにある、という犬養教授のユニークな理論は、日本国内でもかなり異端らしい。だが、ピーターの父は「アジア的な理想憲法」だと感心していた。

ただ、政治システムそのものがまともに機能していないメコンでは、この高度な曖昧《あいまい》憲法では、軍部や邪《よこしま》な為政者《いせいしゃ》に悪用されるだろう。

「でも、渉は、犬養教授を、あまり評価していないんだ」

「ほお、なぜだ?」

「そんな理想的な憲法が強引に改正されようという時に、多くの憲法学者と違って抗議活動などを一切行わず、メディアの取材にも応じないからだとか」

「学者は活動家じゃないぞ」

「犬養教授のような方が、日本国憲法の素晴らしさを分かりやすく説いてくだされば、もっと国民の問題意識も高まるんじゃないかって渉は考えています。それを、教授に何度訴えても、『総理一人では、憲法は変えられない。国民が、変えてみてもいいのではないかと思うのならば、それは健全だ』とおっしゃっている」

「それが、民主主義だからな。日本の総理は独裁者じゃない。国民が選んだ政治家だ。だとすれば、憲法改正に賛成が有効投票数の過半数の場合は、それが日本国民の民意だというのが、先生のお考えなんだろう」

「いや、憲法のような重大な問題は、時間をかけて熟議すべきだという渉の主張の方が、僕は正しいと思う」

「改正しようと着手して初めて、内包していた問題が浮き彫りになるんだ。そんなにすんなり決まることはないぞ。とはいえワタル君のように若い世代が、為政者の勝手に異を唱えるというのは、素晴らしいな。おまえも、学ぶことが多いんじゃないか」

「確かに。しみじみ、メコンとの差を感じます。僕らの国が、日本のように何でも自由に発言し、行動できる日が来るのだろうか。そう思うと、悲しくなるばかりで」

父の大きな手がピーターの手を握りしめた。

「ピーター、日本だって、今の姿に至るのに、気の遠くなる年月がかかったんだ。焦らず、一歩ずつ進むしかないよ。ところで、メコンに帰国して大統領選を支えたいとおまえは言ってくれているが、それは認められない。おまえの安全が保証できないからね」

「父さん、身の安全ぐらい、自分で守れるよ」

「メコンは、日本とは違う。三六〇度周りは敵だらけだ」

「その話なら、もう解決したじゃないか。父さんが、本気でメコンに命を懸けて大統領選に挑むなら、息子はそばにいなければならない。そして、父さんの一挙手一投足を、次の世代に伝えていく。それが僕の使命だと、父さんも分かってくれたじゃない」

「確かにそう言った。だがね、どうもこのところ、私の周囲に不穏な動きが目立つんだ」

「選挙が迫ってきたからでしょ。父さんの周りが敵だらけなのは、今に始まったわけじゃない。軍部の支援も受けているんでしょ。だったら、ここは腹を括《くく》らなくちや」

「私は、もう覚悟している。だが、おまえを危険に晒《さら》したくない」

感情が爆発しそうでピーターは立ち上がった。

「父さん、僕は、ベイビーじゃないんだよ。父さんと一緒にメコンの未来を切り拓《ひら》く成人男子なんだ」

「だからこそ、危惧《きぐ》するんだ。おまえのリスクが高まれば、私の動きも止まる」

「絶対に止まらせない。それに、たとえ僕が日本にとどまっても、敵が本気になれば、拉致も暗殺も簡単だ。日本はテロや過激な暴力行為に慣れていないし、警戒すらしていない。僕の身の安全を考えるなら、ここにいる方が、遥かに危ない。だから、メコンに戻る。その時は、渉も一緒にね」

「いや、ワタル君まで巻き込むわけにはいかない」

「じゃあ、説得してみて。彼はロビーで、父さんと会うのを待っている」

4

犬養渉とは初対面だが、礼儀正しく挨拶する彼にジミーはすぐに好印象を抱いた。

懐石料理と日本酒という夕食が始まると、若者二人の日々の生活の話で盛り上がった。

「ところで、ワタル君は、日本政府の憲法改正に異を唱える運動をしているそうだね。日本の若者は、政治については無関心だと聞いているが、ワタル君のような人は他にもいるのかね」

「多くはないと思います。日本人は政治の本質的な議論が好きじゃありません。政治は生活に直結しないし、そんなことで友達と議論して互いに気まずくなるデメリットの方を嫌いますから。大事なものだという認識はあるのですが、どうせ、何も変わらないと思い込んでいます」

「日本が政治的に安定してるからじゃないのかな」

「メコンと比べると、安定しているとは思います。ですが、本当のところは、三〇年以上前から劣化が進んでいると思います。それを認めたくないと思っている人が大半というのが、現状です」

面白い意見だな。

「いわゆるバブル経済破綻《はたん》から続く失われた時代が、なおも続いているという意味かね？」

「あのフレーズだって、まやかしです。日本の劣化は、単なる経済問題ではありません。国が老化しているのに、まだ俺は現役バリバリでいつでも闘えると思い込んで、怪我《けが》ばかりしている状態にあると思います。その象徴が、現総理です」

そんな国家リーダーは、今や世界中にいる。まるで麻薬を打つように国民には耳触りのよい話ばかりして、夢見心地にさせる一方で、国民を苦しめる。なのにその責任は取らない——それが、国際政治のトレンドだ。

「だから、憲法を改正しようとする総理に異議を唱えているのか……」

「そのつもりでした。でも、最近、日本の問題の本質をもっと掘り下げて、この没落を止める活動をしなければと思い始めています」

渉と遠野教授との間の議論を、ピーターが説明した。

「オハラ上院議員、厚かましいお願いがあります」

突然、渉が姿勢を正して切り出してきた。

「ご出馬される大統領選挙の運動に、僕も参加させてください」

「君の気持ちはありがたいが、今、メコンは大変な政情不安に陥《おちい》っている。下手をすると、我々の命も危《あや》うくなるかも知れない。そんな国に、連れて行くわけにはいかないよ」

「ピーターからも事情は伺っています。ですが、大統領選にご出馬されるのであれば、なおさら、僕にもお手伝いさせてください。無謀は承知です。でも、むしろチヤンスだと考えています。

こういう機会でなければ、絶対に分からないものを、自分で実感したいんです」

平和な日本に生まれた育ちの良い青年に、いくら説明しても、あの恐怖は分かってもらえないだろうな。

「昨年、ピーターと二人で、メコンにお邪魔しました。その時、民主化運動のために、一〇年も二〇年も投獄された活動家の方のお話も聞きました。

その体験は、聞くだけでも充分恐ろしかった。でも、同時に、希望の意味を教わった気がしたんです」

「どんな意味だね？」

「僕らの国では、希望とは願えば叶うものと教わります。でも、メコンでの希望とは、生きることなんだと。暗闇の中の一筋の光、一滴の水、そして、どんなことをしても、生きて社会に戻るという想いが果たされること――。オハラさんは、ご自身も凄まじいご経験をされたにもかかわらず、まだ自由のために闘おうとされているじゃないですか。そこに、民主主義や希望を勝ち取るための不屈の魂のようなものを感じています。だから、微力ながらお手伝いして、その炎のわずかな熱でもいいので、取り込みたいと思っているんです」

5

ピーターは、代々木《よよぎ》にあるパブ、HUB《ハブ》に向かっていた。叔父のジェフから突然連絡があって、ここに呼び出されたのだ。

礼儀を重んじるメコン人にとって、年配者の言葉は絶対であった。

ピーターが、ジェフに会うのは月に一、二度で、普段は夕食を摂《と》りながら近況報告やメコンの未来や政治について語り合う。夜遅い時刻に会うと、ジェフはたいてい酔っ払っている。くだくだと矛盾《むじゅん》した説教をぶった挙げ句、酔いつぶれ、最後はピーターがジェフの家まで送り届けるハメになるのだ。

幼い頃、ジェフにはよく遊んでもらった。いろんな遊びを知っていたし、魚や虫捕りの名人でもあった。

しかし、ピーターが小学一年生になった春に、突然メコンから消えてしまう。随《ずい》分《ぶん》経ってから、ジェフは政治犯の罪に問われたために、日本に逃げたと知った。以来、ジェフの日本滞在は一五年になる。

ジェフは、メコンの特産物である宝石や金細工の民芸品などを揃えた雑貨店を経営して、日本での生計を立てている。

とにかく顔が広く、面倒見のいい人物だった。メコンの将来を憂い、メコンの民主化のためなら命を惜しまないと言う情熱家でもある。

パブに着くと、ジェフは既に飲んでいた。奥のテーブル席で、ビア樽のような巨体を揺さぶって、同席者に熱弁を振るっている。ピーターも何度か会ったことのある、同国人だった。

「やっと来たか。待ちかねたぞ、ピーター」

ジェフは、大仰《おおぎょう》なハグと共に同席者にピーターを紹介した。彼は、ジェフと似たような境遇で、難民申請をして日本で暮らしているという。

「俺はこれからこの偉大なる甥《おい》っ子殿と重大な話がある。話の続きは明日にしよう」

ジェフは追い立てられるように、同国人を帰らせた。

「ビールを飲むけど、叔父さんは?」

「頼む。ブラック&タンだ」

ピーターはカウンターに行くと、ブラック&タンの他に、ＨＵＢエールとフィッシュ&チップスを頼んだ。ビールを手にテーブルに戻ると、

「まずは、祖国に乾杯だ!」とジェフは母国語で叫んで、立ち上がった。

ピーターは素直に従った。

「お元気でしたか」

「元気に決まってるだろう、ピーター。俺はいつも元気だ」

メコンは、一八五〇年に英国に占領されて、第二次世界大戦が終わるまで約一〇〇年、英国の植民地だった。その影響もあり、メコンの公用語は英語だった。オハラ家でメコン語を使うのは使用人だけだが、愛国心に燃えるジェフは、頑なにメコン語を使う。

「それで、ご用というのは？」

「用がないと、叔父さんは偉大な甥っ子を呼び出してはいけないのかな」

「そんなことはないよ。大好きな叔父さんに会うのは、いつでも嬉しいよ」

既に、だいぶできあがっている。

「だけど、おまえから会おうと言ってきたことは、一度もないな」

「そうだったっけ」

「まあ、いい。ジミーがいよいよ大統領選に出馬するのは知ってるな。いよいよメコンに民主化の夜明けが訪れる」

やっぱりその話か。

「だが、おまえは、日本を離れてはいけないぞ」

「父さんに頼まれたの？」

「何の話だ？」

渉と父が会ったあの日、父は二人が選挙に協力することを認めた。

――但し、行動は制約するぞ。ボディーガードも付ける。

それも了承したのに、今度はジェフを使って、帰国を思い止《とど》まらせようというのか。

「兄貴に頼まれて言っているわけじゃない。おまえは、何も分かってないんだ」

ジェフは勢いよくビールをあおってから言った。

「何のこと？」

「メコンは、イギリスや日本と違う。飲み屋で大統領の悪口を言っただけでも、秘密警察に拘束されて拷問《ごうもん》にかけられるんだ」

それが怖くてジェフは逃げてきた。

ジェフは、秘密警察の拷問に三日三晩耐えた後、国外追放されたと言っているし、酔うと拷問を克明に再現するような話もする。ところが彼をよく知る友人の話では、秘密警察に逮捕されたことはなく、それどころか、情勢の悪化を見るや否やすぐタイに逃げたらしい。そして、伝《つて》を頼って日本に辿《たど》り着いた。

「それは、昔の話でしょ。僕は去年、一ヶ月だけメコンに戻ったけど、そんな怖い目に遭わなかったよ」

ジェフは大ジョッキをテーブルに叩《たた》きつけるように置くと、「おまえは、ドミノの本当の怖さを分かっていない」と大声で怒鳴った。

とはいえ、選挙期間中に、秘密警察を使って自分を拘束するような愚行は犯すまい。ピーターはそう思ったが、言葉にはしなかった。

「俺は日本に残る。だから、おまえも動くな。いいな」

やがてジェフは体を前後に揺らしながら、眠り込んでしまった。

第二章　狙撃

民主主義を単なる政治のやり方だと思うのは、まちがいである。民主主義の根本は、もっと深いところにある。それは、みんなの心の中にある。すべての人間を個人として尊厳な価値を持つものとして取り扱おうとする心、それが民主主義の根本精神である。

『文部省著作教科書　民主主義』より

1

メコン時間午前一〇時一一分、シンガポールのホテルにいるヒュー・ジョーンズから連絡が入った。

〝まもなく、「イーグル」一行は、ホテルを出ます〟

「イーグル」とは、ジミー・オハラの暗号名だ。本来は、昨夜、ロンドンからの直行便でパール国際空港に到着予定だった。

だが、暗殺計画があるという情報が入り、急遽《きゆうきよ》、シンガポール経由で、到着を一日遅らせることにしたのだ。

予定では、午後四時頃に、パール国際空港に到着するが、メディアはおろか、メコン政府にすら伝えていない。

「問題はないか」

〝随行団はかなり神経質になっていますが、ご本人はリラックスされています〟

それでこそ、ジミー・オハラだ。

「こちらも、目立った動きはない。訓練のために消息不明となっていた特殊部隊の狙撃班が、昨夕部隊に復帰したが、作戦が動いているという情報はない」

〝では、ここから先は連絡を絶ちます〟

今度はデスクの電話が鳴った。

〝今日こそ、ジミーは帰国するんですよね〟

地元有力紙「メコン・グローブ」の政治部記者、トビーだった。

「俺はジミーのマネージャーじゃないんで、分からん」

〝あなたは操り師《ハンドラー》でしょ〟

「そんなことより、大統領府の動きはどうだ」

口は悪いがトビーは優秀な記者だった。

〝不気味なぐらい静かです。オハラ上院議員が今日到着するのは知っているはずですが、静観するようです〟

帰国と同時に逮捕あるいは暗殺の可能性がないかを探らせていたのだが、ドミノも少しは大人になったということか。

〝それから、上院議員夫人が帰国するそうですよ〟

「まさか」

〝ビル、耄碌《もうろく》したんですか。記者の間でも、この話題でもちきりですよ〟

血の気が引いた。グレイスの帰国予定なんて、初めて聞く。ジミーは、妻と息子は選挙期間中メコンに入れないと言っていた。

「どこの情報だ」

〝グレイスの秘書です。直接連絡がありました。既にシンガポールに到着していて、今日の正午にはメコン到着だとか〟

「グレイスの秘書って？」

〝えっと、マーガレット・リーって名乗ってました。ご存じですか〟

「初めて聞くな。すくなくともグレイスやジミーの友人に、そんな人物はいない」

アメリカで雇ったのかも知れない。

〝空港で記者会見するそうですよ〟

カートライトは電話を切ると、アメリカ大使館のエドワード・ゴードンを呼び出した。

〝えらく早いな。あんたは、ハイヌーン（正午）まで起きないと聞いているのに〟

それはゴードンの方だ。なのに、この男はすぐに電話に出た。

「グレイスが帰国するそうだな」

〝さすが、地獄耳だな〟

「なんで、こんなタイミングで帰国するんだ」

〝アメリカは自由の国だからな。違法行為を犯《おか》さない限り出入国は自由だ〟

「あんたほどの優秀な情報部員《エージェント》が、帰国理由を知らないはずがないだろう。夫の選挙応援のためか」

〝まあ、そんなところだ。ご存じのように、オハラ夫人はＦＢＩ《アメリカ連邦捜査局》の保護下にある。帰国の情報は知っていたが、理由については不明だ。しかし、夫の大統領選支援以外には考えられんだろう〟

　グレイスは、夫の政治活動を露骨に嫌っている。家族や彼女の両親にまでテロの危険が及ぶし、グレイスの実家はメコン屈指の大富豪で、政治活動などしなくても、遊んで暮らせるほどの資産を保有している。

「メコンなんて、あなたが命がけで守る価値なんてないわ。それより私たち家族の安全をもっと考えて欲しいものね。アメリカで楽しく暮らしましょう」と、グレイスが夫に向かって言い放つ場に居合わせたことがあるカートライトとしては、彼女が夫の大統領選の応援に来るというのは違和感があった。

彼女の近況を調べてみると、グレイスはボストンで、東南アジアの若者向けの奨学基金を設立してその総裁になっている。また、女性の社会活躍を支援する国際機関の理事も務めていて、『Forbes』誌の世界で最も影響力のある女性一〇〇人にも選出されている。

記事をクリックすると、四〇代後半になっても容色衰《ようしょくおとろ》えないグレイスが、画面の向こうから微笑《ほほえ》みかけてきた。

〝おまけにジミーまでもが、帰国するそうじゃないか。ご丁寧にも、ヒューが護衛に付いているとも聞いたぞ〟

「そんな話は初めて聞くな。それより、グレイスを利用して、ジミーを引っ張り込む気か」

〝生憎《あいにく》、俺は事情をよくは知らないんだ。あんたほどの古株なら、グレイス本人とも面識があるんだろ。まもなく帰国するんだから本人に聞いてみろよ〟

言われなくてもそうする。

カートライトは電話を切ると、携帯電話をデスクに放り投げた。

グレイスの帰国なんて、まったく想定していなかった。夫の政治活動を嫌悪しているのに、こんな時にわざわざ帰国するとは。そのうえ、メディアを集めて記者会見を開くなんぞ、まったくグレイスらしくない。

彼女は、エレガントな貴婦人だ。メディアのような下品な連中のために記者会見を開いたのは、これまでに二度だけだ。いずれもが、夫の不当逮捕を訴えるために、止《や》むに止まれず決断したことだ。やはり、アメリカのために夫を懐柔するつもりなんだろう。

「ボス、ちょっといいですか」

メコン人の部下、ホーが部屋の戸口に立っている。

「なんだ」

「日本にいるオハラ上院議員の弟が、警察に逮捕されたそうです」

「なんだって！」

「酒場で暴れて、止めに入ろうとした客を怪我《けが》させたそうです。それと、ピーターがこちらに向かっているという情報もあります」

一体、オハラ一族は、どうなっているんだ。息子がジミーの大統領選に合わせて帰国するとは聞いていたが、よりによって今日とは。

「ピーターが帰国する便は？」

「おそらくＪＡＬ《日本航空》の直行便でしょうから、午後の到着になるでしょう」

本当にピーターが搭乗しているか確認しろと言うと、カートライトは上着を羽織って部屋を出た。空港でグレイスを捕まえて、話を聞かなければ。

2

一年前・パール——。

「二七年だ！　成人して、二七年、俺は牢獄にいた。ハナは一六年だ。それが、この国の民主化運動だよ。そして、未だに一度もまともな選挙すら行われていない」

デュイ・フォンは、くやしそうに拳《こぶし》を太ももに叩きつけた。彼はメコンで、若者への民主化教育に人生を捧げている。

ピーターと共にメコンに滞在して一週間目、渉《わたる》らはフォンが主宰するＮＧＯ「R！　87」を訪れていた。

皺《しわ》だらけの顔は傷だらけで、彼が受けた拷問《ごうもん》の凄《すさ》まじさを物語っている。片眼は潰れ、骨が砕《くだ》けた顎《あご》は醜《みにく》く歪《ゆが》んでいた。

「R！　87」とは、フォンやピーターの父、ジミー・オハラらが、大学生だった一九八七年に起きた民主化運動「87デモ」を忘れない（REMEMBER）という意味だ。

フォンは、現在五三歳。成人の五分の四を監獄で暮らしたことになる。

フォンの隣には、彼のパートナーのハナ。彼女はフォンより、三歳年下だという から、成人してから半分以上拘束されていたことになる。彼女もやはり拷問の犠牲 者で、背骨の胸椎《きようつい》を傷つけられて歩行は杖《つえ》に頼っている。

「じゃあ、デュイは、来年の選挙にも期待していないの？」

子どもの頃から、フォンを知っているピーターが尋ねた。

「まあな。おまえの親父《おやじ》さんには申し訳ないが、出馬なんてしない方がいい」

「ドミノ大統領は、三期目は出馬しないと先進国に約束して、経済制裁を解除して もらったんだ。その約束を反故《ほご》にするとでもいうの？」

フォンが歪んだ口元を、さらに傾斜させた。

「ラプチェットの辞書には、約束とは破るものと書いてあるんだ。ジミーが出馬し たら、必ず殺されるぞ」

「ピーター、デュイはそう言いながらも、公正な選挙が行われるように奔走《ほんそう》してい るわ。本当は、心の底からオハラ大統領の誕生を願っている」

「ジミーの軟弱な政治戦略のすべてを認めているわけじゃないけどな。おまえの親 父さんがいたから、俺は拷問に耐えられた。解放されてすぐに再び運動ができたの も、彼がいたからだ」

「父も同じことを言っていました」

「87デモ」は、メコンで一九八七年に起きた民主化運動だ。

当時世界最悪の軍事独裁政権と言われた独裁者カン・ダブニ大統領に対して、普通選挙の施行と貧民救済を訴え、パール大学の学生が中心となってデモを起こした。

彼らを主導したのは、元王族のネール王子で、当時パール大学で政治学の教授を務めていた。そのネールの教えを受け活動の先頭に立ったのが、フォンとジミーだった。

デモは、首都パールを中心に、三日間、最大三〇万人が参加した。

当初ダブニ大統領は、黙殺した。

やがて、一部の参加者が暴徒化し、パール市街の官庁や外国企業などの建物に火焔瓶《かえんびん》などを投げつけ、大きな被害をもたらす。

それを待っていたかのように、軍が出動、参加者に向けて実弾を発砲して二七八人の市民が亡《な》くなった。

その後の国連監視団の調査で、暴徒化したのは秘密警察の私服刑事たちと地元の暴力団だったことが分かっている。

しかし大統領は、デモを主導したネール王子を国家反逆罪で逮捕し、国外追放処分とした。また、学生の運動家リーダー一六九人も逮捕され、投獄された。

フォンやジミーも逮捕されるが、そこからは二人の運命が分かれる。フォンは、尋問の際に反抗的態度を崩さなかったために、放火事件の首謀者として証拠と自白をねつ造されて、死刑を宣告される。

一方のジミーは、市民が亡くなった責任は自分たちにあると認めた。そして、既に交際していたグレイスの両親のお陰で、逮捕から三日後には釈放された。

釈放後、ジミーは、フォンの死刑反対を、当時の政財界人に懇願。死刑宣告されていたが終身刑に減刑された。

その後、二人が政治活動の場で協力し合うことはなかったが、それは、グレイスという恋人の父に擂《す》り寄って命乞いをしたジミーを、フォンが恨んでいるからだというのが、定説になっていた。

「ワタル、私とジミーが仲違《なかたが》いしたというのは、事実ではない。私は主に国内で、ジミーは海外で、メコンの民主化のための策を考え、ずっと連絡を取り続けている」

「パールに滞在して今日で、一週間が経ちました。想像していたより、街は安全に見えます。また、僕らに尾行が付いているようにも見えません」

「それは、日本からの大切なお客様を歓待しているというパフォーマンスだよ。君も知っているだろう。今、タイとの国境に水力発電用のダムを日本のＯＤＡ《政府開発援助》で建設中なのを。さらに、パール港の改築も、日本のお世話になるらしい。だから、君らはVIP待遇なんだ」

「副大統領候補にという話をご辞退されたと聞いていますが」

「大統領選挙になんか出るなとジミーに訴えている張本人が、副大統領候補なんて、あり得ないだろ」

「それだけですか、生意気なことを言いますが、革命のレジェンドが大統領と副大統領に名乗りをあげても、選挙に勝てないからでは？」

渉が切り込んだ。

「ほお。じゃあ、誰だといいんだね？」

「一番は、軍人でしょう。オハラ上院議員が、圧倒的な勝利を得るために必要なのは、軍の支持では？　ならば、軍人を副大統領候補にすればいい」

大きな手で、テーブルが叩《たた》かれた。テーブルの上のパイナップルジュースの入ったグラスが倒れた。

「おまえは、選挙をなんだと思っている！　平和な日本で政治ごっこしているに過ぎないおまえが、偉そうに言うな！」

話が逸《そ》れている。

それに、急に怒りだした意味も分からなかった。

「フォンさん、おっしゃる通りです。日本での政治運動なんて、ママゴトみたいなもんです。でも、平和で豊かさに溢《あふ》れている国にも、色々と問題があるんです。無論、メコンのように命を懸けて奪い取らなければならない問題ではありませんが……。でも、フォンさん、来年、俺は必ず戻ってきますよ。そしてジミー・オハラの大統領選挙を手伝いたいと思います」

3

パール国際空港が、人でごった返していた。空港に至る道路も大渋滞している。こんなことは滅多にない。仕方なくカートライトは途中で車を降りて、徒歩で空港ターミナルに向かった。

ターミナルの入口には軍人がずらりと並んで、入場制限をしていた。

カートライトが身分証明書を提示しても、入場を拒否された。悪態をつきながら将校を探し出し、ようやく通過できた。

「あそこにトビーがいます」

目ざといホーが、「メコン・グローブ」の記者を見つけた。英国の新聞社や放送局の記者も揃《そろ》っている。

「連中に張り付いて、グレイスの帰国理由を探ってこい」

それからカートライトは、マスコミの輪から少し離れた場所で、テレビカメラマンに指示を飛ばしているBBC《英国放送協会》の記者に近づいた。

「やあ、アル」

アルバート・イリスは、頰髯《ほおひげ》がトレードマークで熊のような体格をしている。パール駐在が最も長い記者で、BBCでのキャリアの大半をアジアで過ごしていた。

彼は、カートライトの〝本業〟を知っている数少ない記者だった。

「ビル御大《おんたい》が直々の登場とは、何事だ」

「グレイスが帰国するなんて聞いてなかった。彼女の帰国情報を、いつ知った?」

「今朝《けさ》だよ。ニューヨーク訛《なまり》の高飛車《たかびしや》な女秘書から発表された」

イリスは、トビーの情報を裏付けた。

「それにしても空港で会見なんて、メディア嫌いの彼女らしくないな」

「今回は何もかも彼女らしくないよ。そもそもグレイスは、ジミーの出馬に反対だったはずだ。一体どうなっているんだ」

「俺にも、さっぱり分からんよ」

「ところで、軍部は誰を推すつもりだ」

イリスは軍情報に詳しい。

「軍は今、二派に分かれつつある。そして、どちらもドミノを推してない」

初めて聞く情報だ。

「じゃあ、オハラともう一人は誰だ？」

「決まってるだろ。カン・タクだよ」

陸軍参謀長にして、軍部のドンだ。

「ジミーが、タクに副大統領をオファーしているという情報があるんだが」

鼻で笑われた。

「その情報提供者《アセット》は、今すぐクビにした方がいいぞ。タクは死ぬほどジミーを嫌っている。ジミーというより、インテリと上流階級すべてを殲滅《せんめつ》したいと考えているようだな」

「シルバはどうだ。彼はより先鋭化した軍事国家樹立を目指しているそうじゃないか」

「ジャン・シルバか。あいつは不気味な存在だな。ジミーの幼なじみらしいが、あの男は骨の髄《ずい》まで軍人だ。政治に関心はないようだ」

「ジミーと幼なじみなのか。その関係は今も変わってないのか」

「それは分からん。ただ、イギリスを嫌っているから、ジミーが我が国から支援を受けるのなら、協力しないかもな」

だとすると、シルバが副大統領候補の線はないな。

「軍での人望は？」

「抜群だ。しかも精鋭揃いの特殊部隊の司令官だしな。軍部に与える影響は大だ」

「皆様、大変お待たせしました。私、グレイス・オハラの秘書を務めております、マーガレット・リーと申します」

リーの声が到着ロビーに響き渡った。

中国系の細身、三〇代と見積もった。派手な紫の縁の眼鏡の奥から覗《のぞ》く切れ長の眼とショートヘアが、気の強さを感じさせる。

「ユナイテッド航空８２１便が、定刻通り到着いたしました。これより、記者会見場に皆様をご案内します。ただ、オハラ夫人の安全のため、メコン軍の警備隊が会見に同席し、警護にあたります」

イリスらメディアの連中は我先にと空港内にあるプレスルームに移動した。

急な連絡にしては、記者がそれなりに集まっていた。カートライトは最後列の椅子に陣取って、ヒロインの登場を待った。

三〇分ほど待たされて、ようやくリーが壇上に現れた。

「大変、お待たせしました。グレイス・オハラが参ります」

前後左右を屈強なボディーガードに守られて、グレイスが姿を見せた。

彼女が会見席に着くと、金髪の男性が隣に着席した。

あれは、誰だ？

さりげなく、あたりを見渡すと、ゴードンがしかめっ面で男を睨《にら》んでいた。彼を知っているのか。

「あの男、何者だ？」

「あれは俺の元部下で、現上司だ」

CIAの幹部が、グレイスの後見人だというのか。ゴードンの話では、グレイスのお守《も》り役はFBIだったはずだ。

「たくさんの方にお集まり戴き、感謝します。グレイス・オハラです。五年ぶりに祖国の地を踏み嬉しく思っています。

この度私が帰国したのは、愛する夫が大統領選挙に出馬するからです。妻として、そして同志として、命がけで夫を支えたいと思います」

カートライトは開いた口がふさがらなかった。

なぜ、今、夫の大統領選出馬を口にするんだ。そんなことをしたら、明日のジミーの帰国会見のインパクトがなくなってしまう。

4

記者会見は、グレイス・オハラの不毛なワンマンショーだった。これは会見ではないと見切ったカートライトは、終了を待たずにプレスルームを後にした。

そして、勝手知ったるバックヤードを抜けて、プレスルーム用の控え室に入った。

「あっ、カートライト様！」

長身で肩幅の広いベンガル人が嬉しそうな笑顔で近づいてきた。オハラ家の執事、ベンだ。

グレイスが嫁入りする時に、世話係として夫婦で随行してきた。主を身を挺《てい》して守る思いの強さは筋金《すじがね》入りで、執事としての能力も超一流だった。

エアコンをフル回転させてもなおじっとりと暑い部屋なのに、黒の制服を着たベンは、汗一つかいていない。

「やあ、ベン。ご無沙汰《ぶさた》」

「お元気でいらっしゃいましたか」

「相変わらず、だらしなく生きているよ。ところで、グレイスはなぜ急に帰国したんだ。オハラ上院議員は、選挙が終わるまでは帰国するなと言ってたんじゃないのか」

「ご主人様から帰国せぬようにというご命令があったのは、存じ上げております。最初は奥様もそのおつもりだったかと。それが、急に帰国するとおっしゃって」

カートライトはグレイスの帰国の情報を聞いて、すぐにジミーに連絡を入れた。彼は息子の帰国は承知していたが、妻については知らなかったらしく驚愕《きょうがく》していた。

――何かの間違いじゃないか。彼女は今でも私の大統領選出馬に反対しているんだよ。帰国する意味が分からない。

「ベン、何か理由を思いつかないか」

「まったく思いつきません」

ベンの両手が、せわしなく動いて白いハンカチを揉《も》んでいる。

「私はオハラ家の味方だ。心配事があるなら、教えてくれないか」

ベンの手が止まった。

「些細《ささい》なことでもいいんだ。絶対に帰国しないと言っていたグレイスが、記者会見では、ジミーの大統領選挙を応援するために帰国したと言ったんだぞ。おかしいだろ」

部屋の外が騒がしくなった。記者会見が終わったのだろう。ベンは慌てて立ち上がり、ドアの外に出ようとした。

「ベン、オハラ上院議員を暗殺しようという動きがある」

脅《おど》したくはなかったが、時間がなかった。

「もしかしたら、グレイスだって狙《ねら》われるかも知れない。だから、教えて欲しいんだ。なぜ、彼女は急に帰国したんだ」

「奥様は最近、スミス様という方とよくお会いになっておられます」

「CIAのライアン・スミスのことか」

ベンが大きく頷《うなず》いた。

「スミスが、グレイスを帰国させたのか」

「そこまでは、存じ上げません。ただ、いつも寂しげだった奥様が、スミス様とお知り合いになられてから随分と明るくなられました」

ベンがドアを開いた。グレイスを出迎えるためだろう。

大勢のボディーガードを引き連れて、グレイスが控え室に戻ってきた。

「まあ、ビル！　久しぶりね」

「また、きれいになったんじゃないのか、グレイス」

「お世辞が下手ね」

世辞ではない。三年前に会った時より、グレイスは美しくなっていた。

「それにしても、驚いたな。ジミーの出馬にはあんなに反対していたのに」

「妻としての務めに目覚めたのよ。それに、ライアンが、私や夫の身の安全を保証してくれたから」

そこで、金髪碧眼《へきがん》の色男がしゃしゃり出た。

「はじめまして、ライアン・スミスです。お噂《うわさ》は、かねがねミセス・オハラから伺《うかが》っています。貴国がジミー・オハラ上院議員を大統領候補として後押しされたことを含めて」

年齢は四〇代だろうか。ハリウッド俳優ばりの美男子で、職業を間違えたのではないかと思うほどだ。

カートライトは、第一印象を重視している。スミスは「信用ならない狡猾《こうかつ》な男」と判断した。

「そちらは、未だ旗幟《きし》を鮮明にされていないようだが」

「我々も、もちろん、ジミー・オハラ上院議員を熱烈に支援しております」

熱烈か……。確かに派手なデモンストレーションをしたからな。

「グレイス、ちょっと二人だけで話したいんだが」

「彼らに気を遣う必要はないわ。遠慮なく話して、ビル」

そう言われたら、こちらとしては強くは出られない。

「今、ジミーもメコンに向かっている。彼は君の帰国に大変驚いている」

「そうでしょうね。サプライズだから」

ソファに腰を下ろしたグレイスは、嬉しそうに言った。

「ジミーは、君が大統領選挙出馬にまだ反対していると思っているけれど」

「それは、あなたが信用されていないだけの話よ」

なんだと。

「お二人のお話に嘴《くちばし》を挟《はさ》んで申し訳ないんだが、ビル。オハラ上院議員が極度の人間不信に陥《おちい》っているのは、あなたもご存じのはずだ。だから、ご夫婦の約束も、誰にも話していない。それだけのことだ」

スミスの態度は、いちいち気に障《さわ》る。そもそも俺を、気安くファーストネームで呼ぶな。

「大変失礼だが、オハラ上院議員は、貴国を信用していない。その理由は、今さら言うまでもないでしょう」

「見解の相違ですね。そもそもオハラ上院議員の支持を表明したのも半年前ですから、我々の方がはるかに早いんです」

「そうよ。ビル、あなたには申し訳ないけど、ジミーが大統領選挙に出馬する意志を固めた最大の理由は、アメリカが後ろ盾《だて》になると保証してくれたからなの。だから、私も夫を応援しようと決めたの」

なのにジミーは、我が国に金の無心をしたというのか。

カートライトは、青年時代のジミーを知る人物から聞いた話を思い出した。

――好青年で清廉潔白《せいれんけっぱく》という印象を初対面の相手に与える天才。だがあれは、貧困から這《は》い上がるための知恵だったのではないかと思うことがある。自分の理想を実現するためには、ウソも平気でつくし、友人だって裏切る。あの男の強《したた》かさは、筋金入りだよ。

英米は、ジミーに二股を掛けられたのか。

力強いノックと共に、軍人が入ってきた。

「メコン陸軍参謀本部特殊部隊長のシルバです」

目つきの鋭い男が、グレイスに敬礼した。

「大統領の命《めい》によって、我が軍の特別護衛隊が、オハラ夫人をご自宅までお守りいたします」

5

飛行機の窓から祖国を見下ろすうちに、ピーターはいつもとは違う気分になった。

いつもは、深い緑のジャングルの間を蛇行《だこう》するメコン川を見下ろすだけで、懐かしさが込み上がってくるのだ。

ところが、今日は、まるで見知らぬ国に単身乗り込むように緊張している。

選挙で熾烈《しれつ》な闘いをするのは、父だ。だが、その闘いに参加すると思うだけで、高揚する。

誰もが反対する中、帰国するなら、命の危険を覚悟せよ！

何人もに言われた。

だが、裕福な上流階級の子息であるピーターは、軍事独裁国家に生まれながら、危険な目に遭ったことがない。だから、覚悟しろと言われても、所詮《しょせん》は想像でしか出来ない。

いや、たった一度だけ、地獄のような場所を見た。

あれは、七歳の時だ。

母と共に投獄中の父に会いに行った。

牢屋《ろうや》の奥で蠢《うごめ》いた野獣が父だったとは、今でも信じられない。

あれが、メコンの民主主義なのだ。

今では、そう分かる。

もしかしたら、次に獣になるのは、自分かも知れない。

それを、僕は本当に覚悟しているのだろうか……。

ピーターは、シートポケットに差し込んでいたMOLESKINE《モレスキン》のポケット手帳を開いた。

〝まもなくメコン上空。

いよいよ始まる！

もしかすると、今まで知らなかった祖国の本当の顔を覗くことになるかも知れない〟

「なんだ、万年筆、見つかったのか」

渉に言われて手を止めた。

「そうなんだ。父と会った時にホテルに忘れてしまってたみたい。日本を出る二日ほど前に、大使館から連絡があって、取りに行ったんだ」

DELTA《デルタ》というイタリア製の万年筆で、父が愛用していたものを、日本に留学する時に譲ってもらったのだ。

それが、行方不明になってしまい、落ち込んでいたので、渉も覚えていたのだろう。

「暢気《のんき》な大使館だな」

「まあ、不思議じゃないよ。ウチの国は、自転速度が他の国の三倍ぐらい遅いと言われているからね。いずれにしても、出発前に戻ってきてホッとしている。これは、吉兆だよ」

飛行機が突然激しく揺れ、ピーターはシートのアームレストを強く摑《つか》んだ。

客室乗務員があと二〇分で、飛行機はパール国際空港に着陸すると、アナウンスした。

6

「私はここで、息子を待つわ、ジャン」

グレイスは平然と自己主張した。そのうえ、彼女はシルバを、ファーストネームで呼んだ。

「では、隊員二人を待機させます。そして、あなた以外は全員部屋を出て戴く」

「そんな命令を出せる立場じゃないでしょ。彼らは外交官特権を持っているもの。それに、兵隊と一緒に待つのも願い下げよ。ここは私たちのプライベート空間なの。だから、出て行って」

「では、お好きに」

部屋に満ちていた緊張感は、シルバの退室と共に緩んだ。その時ポンという軽い破裂音が響いた。

「狂犬を撃退したファーストレディの勇気に乾杯しませんか」

スミスがシャンパンのボトルを手にしていた。

ふざけやがって。

だが、それで場は一気に和《なご》んだ。秘書がすぐに人数分のグラスを用意した。

「ファーストレディ・グレイスの勇猛果敢《ゆうもうかかん》な行動に乾杯！」

ここで拒絶しても何の得にもならないので、カートライトも乾杯した。

一口、酒を含んで喉《のど》がカラカラだったことに気づき、ひと息に飲み干した。

グラスをテーブルに置いて部屋を出ると、二人の歩哨《ほしょう》が立っていた。廊下の先では、シルバが部下と打ち合わせをしている。

「シルバ隊長、ちょっとお話をしたい」

シルバは怪訝《けげん》そうにこちらを見たが、部下を先に行かせた。

「英国大使館のウィリアム・カートライトです」

「あなたが何者かは、知っている」

「それは好都合だ。ところで、この異常な厳戒態勢には理由があるんだろうか」

「言っている意味が分かりかねる」

「特殊部隊の精鋭がグレイスを守らなければならないほどの不穏な空気があるのかという意味だよ」

「そんなものはない。大統領閣下から、万一に備えるように言われただけだ」

いつから、ドミノは気配りの人になったんだ。

「オハラ上院議員とは幼なじみだとか」

「あなたに、答える必要はない」

「大いにあるよ、隊長。あなたは、ジミーから副大統領候補を打診されているはずだ」

シルバの唇は固く結ばれたままだ。

「沈黙は、イエスだと解釈していいのかな」

「英国人は、都合のいい解釈が本当に好きだな。確かに私は、ジミーと古い知り合いだ。だからといって、彼の大統領選出馬を歓迎しているとは限らない」

シルバの無線機が何か報告した。

「ご子息が乗った飛行機が着陸したそうだ」

7

飛行機が、パール国際空港に着陸した。渉が窓の外を見遣《みや》ると、雲一つない青空だった。

それなりに緊張していたらしく、出国してからずっと胃のあたりが強《こわ》ばっていたが、それもようやく落ち着いた。

機内の通路に立って降りる準備をする人々をかき分けて、軍人がこちらに向かってくる。

ピーターが立ち上がって手を振ると、先頭にいた軍人の表情が崩れた。

そして、メコン語で何か言いながら、二人は抱擁《ほうよう》し合った。

「親友のドゥエイン・ミン」と言って、ピーターは、その軍人を紹介した。

渉は英語で話しかけたが、無視された。代わりに、ドゥエインは早口でピーターに何かまくし立てている。

「暫《しばら》くこのまま席で待機しろってさ。安全確保のためだそうだ」

オハラ上院議員に暗殺計画の噂があるという情報は、日本でも報道されている。だとすれば、子息の安全を図るのは当然だ。頭では理解していたが、改めて緊張する。

周りの乗客は機内から出口に向かっているが、通路にドゥエインが立っているので、渉たちは動きようがない。

彼は何度も、無線機で交信している。

客室乗務員すら機内から去ったのを確かめて、ようやく移動許可が出た。

渉たちの前後を守る兵士がマシンガンを構えた。

ボーディングブリッジを越えたところで、さらに大勢の兵に囲まれ、空港ターミナル内を移動した。

通路の先に、男が待っていた。

「あ！　シルバ小父《おじ》さん」

「やあ、ピーター、お帰り。窮屈な思いをさせたね」

大柄な軍人がピーターを抱擁した。

「父の幼なじみのジャン・シルバ隊長だ。父の警護責任者でもあるそうだよ」

「ようこそいらっしゃいました」

シルバは、礼儀正しく英語で話しかけると、渉と握手した。

「お母様が、お待ちだ」

「えっ、母が？　彼も一緒で構わないですか」

「君が望むなら、そうすればいい」

二人は、両脇に歩哨《ほしょう》が立っている部屋に入った。

8

カートライトたちの部屋に、シルバが二人の若い東洋人を連れてきた。

グレイスが息子に駆け寄り、強く抱きしめている。息子の方は、釈然としない表情で曖昧《あいまい》に微笑んでいる。やはり、彼も母親の突然の帰国を知らされていなかったのだろうか。

「母さん、どうして戻ってきたの？」

「もちろん、お父様を応援するためよ。それより、あなたこそ、どうしたの？　お父様は日本にとどまるようにっておっしゃったでしょう？」

「僕も応援したくて。ちゃんと父さんにも許可を得たよ」

グレイスは知らなかったようだ。

オハラ夫妻は、メコンの理想の夫婦として敬《うやま》われている。だが、長い逃亡生活と別居生活が続いて、最近ではすっかり関係が冷《さ》め切っていると、グレイスを監視する情報部員から報告を受けている。

グレイスが、スミスを紹介した。

「何度か、ボストンのご自宅でお会いしていると思いますが」

ピーターはスミスが嫌いなようだ。面白い展開だ。

カートライトは、気まずいムードが流れている母子の様子を暫く眺《なが》めてから、おもむろにピーターに声をかけた。

「やあ、ピーター、久しぶりだね。すっかり見ちがえたな」

「ミスター・カートライト、また、この国に戻ってらしたんですね。前にミスターとお会いしたのは、中学生の頃でしたっけ」

「彼は？　日本人か？」

「親友の犬養《いぬかい》渉君です。僕らは日本で民主主義の問題を考えるグループを結成していて、彼は今回の父の選挙運動に是非参加したいと一緒に来てくれたんです」

「ようこそ、情熱と希望の国メコンへ」

カートライトの皮肉が、日本人の友人には通じたようで、苦笑いしている。

「それではマダム、皆さんをご自宅の方へお連れいたします」

入口で控えていたシルバが声をかけた。

「いえ、まだよ。あと二時間ほどで、夫が帰国するの。それを待つわ」

「そんな話は聞いていません」

空港周辺にはバリケードが設けられ、入場制限が始まっているというのに、シルバが知らないはずはない。

「ジミーに信頼されていないのね。とにかく、午後四時に夫が帰国します。妻としてここで、夫を迎えるのは当然の義務です。ピーターとお友達だけ先に連れて行ってちょうだい」

「いや母さん、僕らもここで父さんを迎えます。父さんと渉は一度会ったことがあるし、父さんも喜ぶと思います」

9

ジミー・オハラ到着の時刻が迫り、カートライトは空港ターミナルをうろついていた。胸騒《むなさわ》ぎするのだ。

シルバの腹の内は窺《うかが》い知れない。軍人特有の無表情のせいもあるが、あの男は、余人に心中を探らせないための分厚い壁を築いていた。

あちこちに連絡して、シルバとジミーが幼なじみだったことについて尋ねたが、まともな情報は何ひとつ得られなかった。

あの男は何者なのだろう。

スマートフォンが振動した。

〝ホーです。今、管制室にいるんですが、あと一五分でイーグルを乗せた飛行機が着陸します〟

「到着ゲートはどこだ」

〝ゲートには接続しません、直接タラップをかけるようです〟

窓の外を見ると、大勢の兵士がターミナルを取り囲むように配備されている。その中央にタラップを付けた移動車が停まっていた。

カートライトは、一階に下りた。案の定、通用口で足止めされた。許可なく外に出るなと言う。周囲に知り合いがいないか見渡したが、若い兵士ばかりだ。

その時、シルバが駐機エリアに歩いて行くのが見えた。

「シルバ隊長！　ちょっと待った」

兵士にシルバと知り合いだと強く訴え、大声で彼の名を連呼した。シルバに随行していた将校がそれを認めて、耳打ちしている。

将校が手招きしてくれた。

すぐに屋外に飛び出すと、噎《む》せ返るような暑さの中、シルバに近づいた。

だが、途中で将校に止められた。

「ここまでです。これ以上は近づけません」

可動式のフェンスでバリケードが設けられている。

その時、シンガポールエア機が轟音《ごうおん》を立てて着陸した。

カメラマンたちが一斉にレンズを向けた。

待たされること一〇分、ボーイング７７７の巨大な機体が間近でエンジンを止めた。その瞬間、兵士が機体を取り囲んだ。全員が機関銃を携えている。

「これだけの歓待を受けて、ジミーもさぞや満足だろうな」

いくら否定しても、「暗殺」という言葉が浮かんでくる。カートライトは兵隊の動きや、周囲の高所をチェックして、狙撃手を探した。空港ターミナルの展望施設には、出迎えようとする国民がひしめき合っている。

飛行機の扉前にタラップが接続された。二人の兵士が周囲を確認してから、扉を開いた。

機内からジミーが姿を見せた。一斉に歓声が上がった。

それに応《こた》えて、彼が手を振りながらタラップを半分ほど下りた時だった。突然、滑走路方面で爆発音がした直後、銃声が吼《ほ》えた。ジミーが脱力したようにタラップから転がり落ちる。

カートライトはタラップ目がけて走り出した。銃声が至るところで炸裂《さくれつ》し、足下で銃弾が跳ねたが、それでも走るのを止めなかった。

大勢の兵士で壁を作っているため、ジミーの様子は分からなかった。彼らを強引に押しのけ隙間《すきま》を作ると、血だまりの中でピクリとも動かないジミー・オハラの姿が見えた。

第三章　混迷

独裁者たちは、かれらの貪欲《どん》な、傲《ごう》慢な動機を露骨に示さないで、それを道徳だの、国家の名誉だの、民族の繁栄だのというよそ行きの着物で飾るほうが、いっそう都合がよいし、効果も上げるということを発見した。帝国の光栄を守るというような美名の下に、人々は服従し、馬車うまのように働き、一命を投げ出して戦った。

『文部省著作教科書　民主主義』より

1

まるで、サイレント映画を見ているようだった。

安全のため、渉《わたる》たちは空港ターミナル内の貴賓室《きひんしつ》に押し込められていた。そこからオハラ上院議員が搭乗する旅客機が見えた。タラップが接続され、最初に現れたのは、ボディーガードだった。巨体が背後を振り返って頷《うなず》いた。

「ジミーよ！」

声を上げたのは、グレイスだった。白いハンカチを振りながら、夫の名を連呼している。

渉の隣で食い入るように眼下を睨《にら》んでいるピーターも父を見つけたようだ。

オハラ上院議員は、両手で大きく手を振った。彼がタラップの階段を半分ほど降りた時、突然、飛行機の遥か後方で白煙が上がった。

全員が異変に気づいて騒ぎ出した。

その時「あ！」とピーターが叫んだ。

上院議員が左胸を押さえて背後にのけぞった。彼の胸から血しぶきが上がった。

何か叫びながら、ピーターが部屋を飛び出した。渉も続く。階段を駆け下りると、ものすごい銃声が耳をつんざいた。

パニックになりながらも、必死で親友を追いかけた。

ピーターが駐機場に出ようとしたところを、複数の兵士に阻《はば》まれた。

メコン語で喚《わめ》いているピーターを、大勢の兵士が取り囲んだ。

「ピーター！」

渉が叫ぶと、何を勘違いされたのか、いきなり銃を向けられた。

立ちすくむ以外、何もできなかった。

大量の兵士がタラップの周辺に集まっている。ピーターが、ドゥエインの胸ぐらを摑《つか》んで何か喚いている。

だが、ドゥエインは、首を横に振るばかりだ。

「空港は危険なので、あなた方を安全な場所へ移動させる」

ドゥエインが英語で言った。

ピーターが即座に抗議した。メコン語だったので意味は分からなかったが、父の安否を気にしているのは明らかだ。

しかし、ドゥエインはとりつく島もない。ピーターの肘《ひじ》を掴み、引きずりながら歩き出した。

2

カートライトは救急車と医者を呼べとメコン語で叫び続けた。

なんで何も来ないんだ！

苛立《いらだ》ちが限界に達した頃、ようやく白衣姿の男が現れた。救急隊員も駆けつけて、手際よくジミーを担架《たんか》に乗せ救急車に運び入れた。

「先生、絶対に死なせないでくれ。頼む、彼は私たちの希望なんだ」

シルバが医師に向かって懇願する。

「狙撃手は？」

救急車を見送りながら、カートライトが尋ねると、シルバの視線は二つの遺体に向けられた。いずれもメコン陸軍特殊部隊の制服を着ている。

「あんたの部下がやったのか」

だが、それにも答えず、現場保存をするので下がれと言う。

「なんで、こんなことになった？」

何を聞いても、シルバは答えるつもりはなさそうだ。

ジミーを射《う》ったのはシルバの部下だったが、その二人が死んだのなら狙撃を命じた人物の捜査は困難を極めるだろう。

「ジミーの安否は？」

振り向くと部下のヒューが青ざめた顔で立っていた。

「分からん。だが、心臓を撃《う》たれている可能性が高い。出血量も相当だ。これで生きながらえたら、奇跡かも知れん。とにかく俺は病院に行く。おまえはここに残って、現場検証に立ち会え。特に、あの男に要注意だ」

視線でヒューに示したのは、部下の遺体を見おろしているシルバだった。

目の前で父が撃たれた。その事実が受け入れられなかった。

ドゥエインに強く腕を摑まれた痛みすら感じず、ふわふわしたような状態だ。

鮮血を噴き出す父の胸。その凄惨《せいさん》な光景ばかりが頭の中で再生される。

「ピーター、大丈夫か」

聞き慣れた声、渉だった。

ピーターはドゥエインに肩を摑まれ、引きずられるようにして装甲車に押し込まれた。

「父は⁉」

向き合って座るドゥエインの大きな目が潤《うる》んでいる。

「大丈夫だ。助かる」

「ドゥ！　僕を父のところに連れて行け！」

ドゥエインが首を左右に振った。

「ダメだ。おまえが病院に駆けつけたって何も出来ない。それより、自分と友達の命を守れ」

堪《たま》らず胸ぐらを摑むと、手首をひねられた。

「ピーター、見苦しいぞ。おまえは、未来の大統領の息子なんだぞ。しっかりしろ」

ドゥエインが無線で父の安否を確認して、「現在病院に搬送中で、容態《ようだい》は不明」と教えてくれた。

死なないでくれ。

いや、死ぬはずがない。

今は祈るしかなかった。

3

狙撃現場から離れようとしたカートライトの前方で、車が急停車した。助手席のドアが開いた。ハンドルを握っているのは、メコン軍情報部の情報提供者《アセット》カイン・マルコスだった。

躊躇《ちゅうちょ》なく飛び込むと、車は急発進した。

マルコスは、軍情報部の対テロ局員だった。彼の父親がガンで死にかけた時に、シンガポールのホスピスに転院させたことに恩義を感じ、以来、強力な情報提供者としてカートライトに尽くしてくれている。シルバ率いる特殊部隊に不穏な動きがあるという情報を提供したのもマルコスだった。

「なんで、あんなことになった？」

「調査中だ」

「ジミーは、どこに運ばれたんだ?」

「おそらく軍立病院だろう。優秀な医者が揃《そろ》っている」

カートライトの倍近い体格の男が、背中を丸めてハンドルを握りしめている。

「犯行に及んだのは、特殊部隊員だ。黒幕はシルバか」

「まさか。俺がシルバなら、部下は使わない。ジミーに大統領になって欲しくない奴なんて、いくらでもいるだろ。あんたのところの警護も杜撰《ずさん》だった。なぜ、もっとジミーの周りを固めなかったんだ」

それを言われると一言もない。胸に四発も撃ち込まれるなんて、恥だ。

「ところで、一発目の銃撃と、後の三発の銃弾は、狙撃者が違うと思わないか」

「どういう意味だ、マルコス!」

空港の外は、避難する車で大渋滞だった。

いくらクラクションを鳴らしても進みそうにない。

「最初の銃弾はタラップを下りているジミーの胸に命中した。あの時、彼はターミナルの屋上の民衆に手を振っていた気がする」

「上方から撃たれたということか」

そう思えた。だが、残り三発は明らかに地上から撃っている。

「自信はないが、そう思う」

「要するに狙撃者は、射殺された二人以外にもう一人いたということか」

「それより、あんたはジミーを間近で見たんだ。容態はどうだった。助かるのか」

「おそらく無理だろう。即死に近いと思う」

「くそ！　なんて国だ。俺はこんな国に生まれたことを、また恥じなければいけないのか！」

情報提供者《アセット》となってから、マルコスとは何度も酒を酌《く》み交わした。そのたびに、彼は「メコンに生まれてよかったという国にしたいのに、この国はクソツボのように恥ずかしい国だ」と言うのが口癖だった。

衛星携帯電話が鳴った。

英国からだ。

こんな時に。

胃がキリキリと痛くなった。

〝なんたる失態だ、ビル。どうするんだ！〟

応答した途端に、英国秘密情報部《SIS》次官のデイビッド・マクドナルドが金切《かなき》り声を上げた。

「現在、まだ報告する段階にありません。改めて連絡します」

〝何をバカな。既にジミーは、救急車の中で心肺停止していると、医師が軍立病院に連絡している〟

「蘇生《そせい》する可能性もあります」

〝銃弾を四発も胸に撃ち込まれているんだろ。蘇生するはずがない。それより、我が国がジミーのボディーガードをしていたという事実を消せ。それが最重要課題だ〟

それこそ何をバカげたことを言ってるんだ、こいつは。

「デイビッド、そんなものは隠しようがない。それより、先走ってつまらない隠蔽《いんぺい》工作なんてくれぐれもやめてくれ。まだ、こちらは大混乱で何も分からない」

〝言い逃れをするな。事実確認は不確定でも、一つだけ確かなことがあるだろ。それは、あんたのジミー・オハラが死んだということだ〟

あんたのジミー・オハラだと。

〝俺は最初から、反対しただろ。こういう事態を怖れていたんだ。それを、あんたが長官を誑《たら》し込んで、強引にオペレーションにしたんだ。あんた、事の重大さが分かっているんだろうな〟

聞くに堪えない。カートライトは黙って電話を切った。

「なんだ、大英帝国でも、責任のなすりつけあいが始まったのか。いずこも同じだな。みんな腐ってるよ」

次々と前方車を追い抜いているマルコスの嫌みが、胃痛をさらに助長した。

4

おびただしい数の軍人に守られて渉らは、首都パール郊外にあるオハラ家の邸宅に到着した。日本ではなかなかお目にかかれない、広大な邸宅だった。

「暫《しばら》くここで休んでいてください。ただし、窓際には近づかず、勝手に部屋を出ないように」

広間に入ると、ドゥエインはそう言って出て行った。

渉は気持ちを落ち着かせようと、ソファに座り込んだ。父の安否が気になるピーターは苛立《いらだ》たしそうに歩き回っている。やがて、テレビのリモコンを手にするとスイッチを入れた。

メコン語で事件の模様をまくし立てるレポーターが画面に現れた。軍人だらけの空港から中継しているようだ。

次々とチャンネルを変えるうちに、国営放送の英語版チャンネルが映し出された。

〝狙撃事件から一時間が経過した現在も、空港の混乱は続いています。既に軍が出動して、混乱の収拾《しゅうしゅう》にあたっていますが、現状では、収束の目処《めど》は立っていません。また、狙撃されたオハラ上院議員は、先ほど軍立病院に搬送され、救命治療が行われております。病院長は、総力を挙げて上院議員を救う所存だと記者団に宣言しました〟

画面が切り換わり、グレイス・オハラが映し出された。

〝つい、先ほど、夫が息を引き取りました。夫は、命の危険を顧《かえり》みず、メコンのため、皆さんが幸せに暮らせる社会の礎《いしずえ》になろうと帰国を決意したのです。なのに、こんな野蛮《やばん》なやり方で、夫の命は奪われてしまいました。私は、この暴力を許しません〟

5

のろのろと動いていた車の流れが、ついに止まってしまった。事件のせいか、道路が車で溢《あふ》れて動かない。

カートライトは悪態をついた。

軍立病院は空港から、車で三〇分ほどの場所にあるというのに、この調子ではいつ着くかも分からない。

無線の声が、マルコスの名を呼んだ。

「なんだ?」

〝たった今、上院議員の死亡が確認されました〟

覚悟はしていたが、改めて聞くと、堪《こた》えるな。

「今、病院に向かっているんだが、渋滞で動かないんだ。何かいい方法はないか」

〝思いつきません〟

無線が答えると、マルコスがまたクラクションを叩《たた》いた。

〝それと、先ほど上院議員夫人が病院に到着し、メディアに向けてコメントしたようです〟

「俺たちが空港を出た時には、まだターミナルにいたんだぞ。どうやったら、そんなに早く到着できるんだ」

〝米軍のヘリで来たようです〟

グレイスにはCIAがついている。しかし、ジミーが狙撃され、パール市内が厳戒態勢に入ったのだから、彼らはまずグレイスの身の安全を考えるはずなのに、軍立病院という危険の渦中に連れて行くのは、らしくなかった。

しかも、あの大混乱の中で、すぐに米軍のヘリを呼びつけ、移動するとは。

「米軍のヘリは、どこから来たんだ？」

不安定だとはいえ、メコンは独立国である。旧宗主国である英国軍の基地すらないのだ。最も近い米軍基地は、沖縄のはずだ。

「確か、パール港に米国第七艦隊の空母が一隻《せき》停泊していると聞いている」

フィリピンにあった基地を閉鎖した後、米軍はメコンに対して寄港を求め、ドミノは自国兵士の訓練への協力を交換条件に、それを認めていた。

「ヘリは、空母から来たのか」

「どうだろうな。もしかしたら、訓練将校の誰かの移動用に、パール国際空港に駐機させていたのかも知れないな」

ようやく渋滞が少し緩んだが、検問で停止を求められた。マルコスは車から降りると、検問担当の兵士に話しかけ、車から離れた。その間に、カートライトは、部下のヒュー・ジョーンズに連絡を入れた。

「空港の様子は？」

〝大混乱の極みです。今、射殺された兵士の遺体が運ばれようとしています〟

「兵士の身元は分かりそうか」

〝やはり、特殊部隊の精鋭のようです。それと、シルバ隊長が、憲兵隊《MP》に連行されました〟

　彼を実行犯の首謀者だと早くも判断したわけか。何事にも鈍いメコンとは思えない迅速《じんそく》さ、いや拙速《せっそく》ともいえる対応だった。

「逮捕されたのか」

〝そうではないようですが、四方をＭＰの捜査官に固められて、ジープに乗り込んでいました。取り調べられるのでは？〟

　彼が率いる部下二人が、ジミーを銃撃したのは間違いない。狙撃の黒幕かどうかは別にして、隊長としての責任は厳しく追及されるだろう。だが、まだ今はそんな段階ではない。

　軍内で絶大な支持を受けている高級将校を、ＭＰの平兵士が連行するのには、強い違和感があった。

　ジミーの死亡が確認されたと、ヒューに告げた。

〝なんてことだ‼〟

「嘆くのはまだ早いぞヒュー、ここが正念場だ」

　不安そうな返事がきたが、それ以上は念を押さなかった。

「ところで、グレイスが米軍のヘリに乗って軍立病院に到着したんだが、空港で米軍のヘリを見たか」

〝一機いました。確かに、男どもが女性を取り囲むようにして、飛び立ちましたよ〟

ヘリはいつから、そこにいたのか。所属先も確認するように命じたところで、マルコスが車に戻ってきた。

「ここから先、軍の装甲車が先導してくれる。これで一気に進めるぞ」

「シルバが、MPに連行されたそうだ」

上機嫌だったマルコスの表情が一気に凍った。

「冗談だろ。MPごときが連行できる相手じゃないぞ。そのMPは怪しいな。もしかすると、秘密警察かも」

「ロドリゴは、シルバを暗殺の首謀者に仕立てようとしているのか」

ならば、殺してでもシルバに罪を押しつけるだろう。

マルコスは、それには意見を挟まず先導する装甲車に付いていく。

ようやく軍立病院が見えてきた。

その時、無線が入った。

〝全軍事車両に告ぐ。午後五時一三分、メコン全土に戒厳令《かいげんれい》が発令された。繰り返す。メコン全土に戒厳令が発令された。これ以降、すべての指揮権は大統領に集約される。

なお、同時に全国民およびメコン在留外国人に対して、無期限の外出禁止令も発令された〃

クーデターが起きたわけでもないのに、大統領は伝家《でんか》の宝刀《ほうとう》を抜いたようだ。

6

戒厳令が発令されて三日、ピーターらはオハラ邸での軟禁状態を強《し》いられていた。父の死を知り、病院に駆けつけたいとドゥエインに訴えたが、彼は首を横に振るばかりだ。

事件当日は派手に報じていたメディアも、戒厳令発令後は、一切事件を報じなくなった。また、BBCやCNNなどの外国のニュースも、「政府命令により放送を中断」していた。インターネットには接続できなくなっている。

通信環境は最悪で、インターネットはもちろん、固定電話や携帯電話も、滅多に繋《つな》がらなくなった。米国大使館に滞在しているという母から、時々連絡があるが、父の死を確認し、軍立病院前でその犯人を許さないと発言した母が、米国大使館に居続けるのも不可解だった。

自宅に帰らない理由を尋《たず》ねても、母は「軍立病院からそちらへの移動を禁じられてしまって、致し方なく米国大使館にいる」と言うばかりだ。

高い壁に護られた邸宅にいると、外部の様子はまったく分からない。戒厳令が発令されているということは、内戦の危険があるのかも知れないが、ここからでは剣《けん》呑《のん》な気配などみじんも感じられない。静かすぎるのがかえって不気味で、熟睡もできず、睡眠不足に悩まされていた。共に軟禁されている渉も同様のようで、結局、空が白《しら》みだした頃にようやく眠りにつくというのを繰り返していた。

昨晩は渉の提案で、酒を飲んだ。そんな気分ではなかったのだが、日本では故人を悼《いた》んで夜を徹する「お通夜《つや》」という風習があるという。それに酒の力でも借りないと眠れそうにもなかった。

だが、いくら飲んでも眠気は訪れず、今朝も日の出を合図に、互いの自室に引き上げたのだ。

昼過ぎに起床したピーターは、玄関ロビーに設けられた軍の詰め所にいるドゥエインに声をかけた。

「相談がある」

「軍立病院に行くのはダメだ」

「それとは別の相談だよ」

下士官が敬礼をして部屋を出たので、空《あ》いた椅子に腰を下ろした。

「衛星携帯電話を一台、貸して欲しい」

「そんなもの、持ってない」

「特殊部隊にはあるだろ。手に入れてくれよ」

「何に使うんだ？」

「日本に電話したいんだ」

「そんな個人的な理由のために、軍の備品は貸せない」

「個人的な理由じゃない。渉は、日本では有名な活動家なんだ。しかも、彼のお父さんは、東大の憲法学の権威で、日本政府にも影響力がある。渉の無事を伝えることは、日涓《メ》関係のためにも重要なんだ」

「外交なんて知ったことか」

「おまえが判断出来ないなら、シルバ小父《おじ》さんに聞いてくれ」

「隊長の名をみだりに出すな！　それに今、隊長とは連絡が取れない」

詰め所の一角には高性能の無線機が設置されている。

「それは使えるんだろ。だったら、僕が」

ピーターが手を伸ばそうとすると、手首を掴《つか》まれた。

「勝手なことをするな」

痛いくらい強く握られた。今日のドゥエインの様子は普通ではなかった。何かに怯《おび》えているのか、怒っているのか。やけに荒れている気がした。

「何かあったのか」

「戒厳令下だ」

ドゥエインが耳たぶを引っぱった。子どもの頃からの彼の癖で、何かに苛ついている時にこれが始まる。

「何があった、ドゥ」

敢えて子どもの頃の呼び名で促した。〝どろんこのドゥ〟と〝泣き虫のP〟が、二人のあだ名だった。

「隊長が、上院議員暗殺の黒幕として逮捕されたという噂がある」

「バカな。父とシルバ小父さんは、幼なじみだぞ」

「たとえ親友同士でも、隊長は、必ずしも上院議員が考えるメコンの未来に賛同されていなかった」

「意見が違えば、殺すのか」

「おまえ、隊長を侮辱する気か」

「侮辱しているのは、おまえの方だろ。僕が知っているシルバ小父さんは、誰に対しても礼節を尽くす人だったぞ。なぜ、シルバ小父さんに、そんな嫌疑がかかるんだ」

「いい加減に、自分がどんな国に生まれたのかを思い出せ、P。秘密警察に目をつけられたら、軍のエリートでも上院議員でも、皆クロになる。それが、この国だ」

かつて父もそうやって濡《ぬ》れ衣《ぎぬ》を着せられ、死刑を宣告された。

「誰かが、隊長を生《い》け贄《にえ》にしようとしている」

「誰かって？」

「分からない。でも、大統領に当選確実とまで言われていた上院議員が、帰国直後に空港で暗殺されたんだ。大物を首謀者として逮捕し、処刑しなければ、国民も外国政府も納得しないだろ」

だからといって、シルバが黒幕だったなどという話を誰が信じるのだ。

「救う方法はあるのか」

「ただ一人だけ、救える人物がいる」

「大統領か」

ドゥエインは頷いた。

「大統領が、黒幕の可能性は？」

いきなりドゥエインが唇に人差し指をあてた。

「自宅だから安全だと思わない方がいい。軽はずみな発言は控えろ。隊長のことは、おまえが心配する問題じゃない」

7

渉と遅い朝食を摂《と》っていると、執事のベンが来客を告げた。

「来客って。厳格な外出禁止令が敷かれているのに？」

「米国大使館の書記官だそうです」

通すようにと告げた。母の遣いかも知れない。

ベンが連れてきたのは、白人男性だった。

「はじめまして。駐メコン米国大使館二等書記官のマーク・ベーコンです。お迎えに参りました」

ベーコンは、これぞアメリカ人という印象をつくりすぎていた。

「お迎えって？」

「お母様から、ご連絡があったかと思うのですが」

「母からは何も聞いていません」

そう言われてもベーコンは怯《ひる》まない。

「ここは危険だと判断したため、お母様のいらっしゃる米国大使館に移動して戴きます」

「それは、命令ですか」

「とんでもない！　私は、お母様からお願いされて、お迎えに上がっただけです」

あくまでも母の意向だと言い張るわけか。

「でも、外出禁止令が出ているんですよ」

「メコン大統領府の許可を得ております」

「僕の友人も一緒ですか」

ベーコンが一瞬だけ渉に視線を投げた。

「残念ですが、お連れするように言われているのは、あなたお一人です」

ますますふざけた話だ。

「ここが危険だから、米国大使館に避難しろとおっしゃる。なのに、僕の大切な友人は見捨てて行けと。アメリカって、そんな冷たい国でしたっけ」

ベーコンは、鞄《かばん》の中から衛星携帯電話を取り出し、相手に繋がると、ピーターに電話を差し出した。

「お母様です」

気乗りしなかったが、電話を受け取った。

〝ピーター、突然でごめんなさい。でも、どうかマークと一緒に、ここに来て。私は心配で夜も眠れないの〟

「渉を置いては行けないよ」

〝あなたの大切な日本のお友達については、まもなく日本大使館の職員が迎えに行くから安心しなさい。二時間ほど前に、新しい大統領令が出て、外国人滞在者は、二四時間以内に国外退去するように厳命されたの。だから、お友達は帰国するのよ。その方が、あなたも安心でしょ〟

「渉を日本に帰すのは、よく分かった。それが彼にとっても一番いいと思う。でも、僕はここにいるよ」

我が家は安全だし、ベンやマリアをはじめ多くの使用人もいる。それに、ドゥエイン率いる警護隊が警備しているのだ。

〝ピーター。ワガママを言わないで〟

「母さんは、軍立病院からここに移動するのが危険だから、米国大使館の世話になったと言ってたよね。なのに、僕をここからそちらに移すって、矛盾《むじゅん》していない？　移動が可能になったのなら、母さんがここに来るべきなんじゃないのかな」

〝言ったでしょう。そこは危険なのよ。お願いだから、私のためにここに来て〟

そこで電話が切れた。

ピーターは電話をベーコンにつき返した。

「申し訳ないんですが、僕はここに残ります。無駄足を踏ませました」

「いや、ピーター。それは認められません。まもなく、ここにいる警護隊は撤退します。そうすれば、安全も保証できなくなる」

口調が変わった。力ずくでも連れて行くと言いたげだ。ベーコンが、上着の袖に装着した小さなマイクに話しかけた。

数分後、スーツ姿の男二人が部屋に現れた。

「何の真似《まね》です。あなた方が勝手に入ってくる権利はないですよ」

「あまり、困らせないでください。今は、戒厳令下なんです。素直に私たちに従ってください。さもなくば実力行使します」

膝から下が震えていた。だが、それ以上に怒りが勝《まさ》った。

「ここは、メコン共和国なんです。あなた方が勝手に武力行使する権利はない。今すぐ出て行ってください。さもないと、警護隊を呼びます！」

まるですぐそばで控えていたかのようなタイミングで、ドゥエインが部屋に入ってきた。

「なんだ、おまえらは！」

嫌な緊張感が暫《しばら》く続いた。

事と次第によっては、発砲しかねない一触即発《いっしょくそくはつ》の空気を緩めたのは、ベンだった。

「日本大使館の方がいらっしゃいました」

「ありがとう。僕がお迎えに行くよ」とベンに告げた後、ベーコンに言った。

「今、忙しいんです。どうかお引き取りください」

8

「日本大使館二等書記官の奥本《おくもと》と申します。メコン大統領府から、外国人滞在者国外退去命令が発令されました。直《ただ》ちに帰国して戴きたい」

どことなくやる気のなさそうな二等書記官には同行者がいたが、紹介する気はなさそうだ。

「そちらは？」

奥本は渋々答えた。

「共同通信の記者で、宇津見《うつみ》さんです。犬養《いぬかい》さんとオハラさんを取材したいそうです」

「喜んで！」

涉は即答した。

「それから僕はここに残りたいんですが」

「それはありえません。犬養さんにそんな選択肢はありません」

「じゃあ、宇津見さんも帰国されるんですか」

「いや、彼は残るそうです。大統領令は、政府職員とメディア関係者を除外しているので」

それを聞きたかったのだ。

「奥本さん、出発までの時間は？」

「三時間後に、日本大使館が仕立てたバスが市内を巡回します。そのバスに乗って戴きます」

「分かりました。では、準備しておきます」

ピーターが驚いている。涉がこんなにあっさりと退去命令に従うとは思っていなかったのだろう。

奥本が、文書を渡した。メコン政府の命令に応じて帰国する旨《むね》の誓約書だった。

「これを、バスの乗車時に提出してください」

それだけ言うと、奥本は記者を残して退出した。渉は奥本を見送ってから、宇津見に改めて挨拶した。

「宇津見さん、ご無沙汰《ぶさた》しています」

「やあ、渉君、ピーター、まさかこんな状況の中で君らに再会するとは思ってもみなかったよ」

宇津見俊哉《としや》は、遠野《とおの》ゼミの先輩だった。昨年、ピーターに誘われて一ヶ月メコンに滞在した時にも世話になり、取材の手伝いをして、メコン滞在記も寄稿した。だが、奥本には初対面と思わせる方が良い気がして惚《とぼ》けて見せた。

「まずはピーター、お父様のこと、心からお悔やみ申し上げます。ショックだし、君の心痛は計り知れない。でも、心を強くもって」

「ありがとうございます。まだ、父が暗殺されたという現実を受け入れられません」

重苦しい沈黙が漂った。

「そんな時に、辛《つら》いことを尋ねるけれど、事件の瞬間を教えてください」

記憶を辿《たど》るように渉は、ゆっくりと話している。

宇津見は聞き上手だった。

「渉君は日本で立憲主義を守る運動のリーダーだったけど、君から見て、今回のオハラ上院議員暗殺事件は、民主主義とはかくも脆弱《ぜいじゃく》だという印象だろうか」

「脆弱というよりも、暴力の怖さを思い知りました。国民が民主主義に目覚めようとしても、数発の銃弾があれば、それは踏みにじられるんですね。でも同時に、民主主義は多くの人の血が流されなければ勝ち取れない、という先人の言葉を強烈に実感しました」

「ピーターは、どうだろう？」

　暫く間を置いてからピーターが口を開いた。

「血を流さなければ得られないのが民主主義だなんて思いたくありません。こんな暴力は絶対に許せない」

「あの、宇津見さんに図々しいお願いがあります。僕はここに残りたい。ピーターを支えながら、これから何が起きるのかをウォッチしたいんです」

　渉は前のめりになって宇津見に頼み込んだ。

「宇津見さん、僕を助手にしてもらえませんか。メコンはこの先どうなっていくのか。それを平和ボケ国家の若者代表として見届けたいんです」

「君の気持ちは分かる。けど、さすがに今は危険過ぎる。帰国した方がいい」

「宇津見さん、あなたはジャーナリストだから、ここに残るんですよね」

「まあ、そうだな。こんな重大事件が起きているのに、しっぽを巻いて逃げ帰るわけにはいかない」

「ジャーナリストによるメコンの報道なんて、多くの人は関心ないですよ」

「渉……」

ピーターに咎《とが》められなくても、失礼は百も承知だ。

「失礼なことを言って、すみません。でも、ここで起きていることを、僕のような一般人が発信した方が、日本人は関心を持つんじゃないですか」

「不愉快だが一理あるな。オハラ上院議員暗殺事件の記事は、初報こそは大々的に取り上げてくれたが、以降はさっぱりだ。独裁国家で政治家が暗殺されるなんて、別に珍しいことじゃないからね。そもそも多くの日本人はメコンがどこにあるかも知らないんじゃないかな。だからといって君が発信するために残るのは、無謀だ」

「僕はもう成人しています。命の責任は自分でとります」

無茶は分かっているが、確信は揺るがない。ピーターのため、そして、自分自身のためにも。

「大学を休学して、メコンに来る前、遠野教授《せんせい》と朝まで話をしました。その時、教授は、『自己分析ができず、現実逃避をするような大人たちがこれ以上増えたら、日本が滅びる。それを止めるために、ジャーナリズムの復権を叫んでいる』とおっしゃいました」

宇津見は、いきなり話題を変えた渉の話を黙って聞いている。

「それに対して僕は、ジャーナリズムは無責任だ。少しはましな社会を手に入れるためには、当事者になるべきだ。そのために、命がけで政治活動をする場に身を置きたい。そうすれば、僕らの敵も見えてくる——、と偉そうに反論しました。

今まさに、そういう事態が起きているんです。だから、僕はメコンに踏みとどまって、ここで起きることをしっかり記憶に刻まなければならないんです」

宇津見は、腕組みをして考え込んだまま動かない。

「条件が三つある。まず、お父様の許可を取って欲しい」

面倒なことを。

「さっき申し上げた通り、僕は既に成人しているんです。父の許可は不要だと思いますが」

「だったら、帰国だな」

だが、連絡を取る方法がない。そう返すと、宇津見は衛星携帯電話を取りだした。

「これで話せばいい。次に、ピーター・オハラの承諾」

親友を見た。

「渉が残ってくれるなら、僕は嬉しいけど」

「最後の条件は、ここに滞在中、俺の命令には絶対服従だ。そして、助手として役に立たないと判断したら、即刻帰国だ。いいな」

頷《うなず》いて、電話をかけた。

電話はすぐに繋がった。

〝渉か。オハラ上院議員が、あんなことになって、大変な衝撃を受けている〟

いつも通りの感情のこもらない声だった。しかも、息子の無事を喜ぶより、上院議員の暗殺を悼《いた》む言葉が先なのも、父らしい。

「僕も大きな衝撃を受けています。それで、ご相談があります。さっき、大統領令が出て、外国人の国外退去命令が出ました。でも、僕はもう少しこの国の行く末をウォッチしたい。先輩ジャーナリストの宇津見さんの助手としてメコンに残ろうかと」

〝それは、どうだろうか〟

なんだ、その曖昧《あいまい》な言い回しは。

「父さんの承諾が必要なんです」

〝ちょっと、待ってくれないか〟

暫《しばら》く待たされた後、母が電話に出た。

〝渉、何バカなことを言ってんの。すぐに帰ってきなさい。あなた、今起きているのは現実なのよ。死ぬかも知れないのよ〟

「母さん、大丈夫、無茶はしないから。ここに残らせて。絶対、大丈夫だから」

〝根拠のない説得は、無駄よ。すぐ帰ってきなさい〟

「父さんに代わってくれないかな」

〝あなたが、素直に帰ってくると言ったら代わるわよ〟

「分かった、帰るよ」

いつかは。

父に代わった。

「父さん、面倒な話は母さんに任せるなんていう卑怯《ひきよう》な手を使って恥ずかしくないのか。偉そうに立憲主義だの民主主義だのと語るなら、息子の命がけの行動を後押しぐらいしろよ！」

〝それとこれとは、話が別だろう。渉、気持ちは分かる。だが、君の命は尊い〟

「その尊い命を張ってるんだ。だから、認めてください。そうでなければ、僕はあなたを一生軽蔑《けいべつ》します」

長い沈黙があった。背後で母が騒ぐ声がしている。頼むから、もう母さんに代わらないでくれよ！

〝君の人生だ。好きにしたまえ。そして民主主義を勝ち取るとはどういうことか、全身で学んでくるといい〟

「ありがとう！」

そこで、渉は宇津見に電話を渡した。

宇津見は何か父とやりとりをし、「絶対無事にご子息を日本に帰しますので。どうか、ご安心ください」と言って電話を切った。

「勘違いの正義感を持った野郎が、また一人誕生したわけか」

そう言って宇津見は、渉の背中を叩いた。

9

物々しい厳戒警備を何度もくぐり抜けて、カートライトは大統領官邸に着いた。三〇分前に突然、ドミノ大統領本人から「相談がある。今すぐ来て欲しい」と呼び出しを受けた。

一刻も早く事実確認したいことが山ほどあっただけに、望むところだった。

大統領は地下三階の臨時執務室にいた。核攻撃を受けてもびくともしないシェルターで、存在自体が極秘事項だった。噂には聞いていたが、実際に部屋に入るのはカートライトは初めてだった。

護衛隊長の案内で地下三階に降りると、軍服を着たドミノが、一人で待ってい
た。

「こんな場所に呼び出すなんて、何事です」

「ドアをしっかりと閉めてくれ」

そう言いながらドミノ自らが確かめに来て、電子ロックをかけた。

「よく、来てくれた。心から感謝する。まあ、一杯どうだね」

ロンドンなら一杯三〇〇ポンドはくだらないであろう、マッカラン1976とい
うレアモルトをありがたく戴いた。

ストレートグラスを口元に近づけると、強烈なアルコール臭が鼻をつく。

舐《な》めただけで、年代物のモルト独特の枯《か》れた味と複雑な風味が口の中に広がっ
た。

「今すぐ、貴国に亡命したい」

想定外の要求に、思わず噎《む》せた。

政敵を片付けたのだ。これで安泰じゃないのか。

「なんですって⁉」

「次は私が殺される」

「だから、こんな場所で一人、ビンテージモルトをがぶ飲みしているんですか。ラプチェット、一体誰があなたの命を狙《ねら》うんです。そもそもこの厳重に警備された大統領官邸のシェルターにいるんですよ。殺せるわけがない」

「この世界に確かなことがある。いつでも人は殺せる、ということだ」

「そもそも誰があなたを殺そうとしているんですか」

「多すぎて分からん」

「復讐《ふくしゅう》を恐れているんですか」

「復讐も陰謀も策謀も逆恨《さかうら》みも、なんでもござれだ」

「いや、そうではなく、ジミー・オハラを暗殺したことの報復を恐れているんですか」

いきなりドミノの拳《こぶし》がテーブルを叩いた。

「俺は、そんなバカなことは命じてない!」

ドミノの数少ない美徳は、ウソが下手なことだ。ウソかどうか、態度ですぐにバレる。それを見る限り、奴が黒幕でないのは、本当らしい。

「では、誰の仕業《しわざ》なんですか」

「それが分かれば、俺だってこんなに怯《おび》えないよ。とにかく、俺は死にたくない。安全に国外に脱出し、再出発したい。そのためのサポートを要求する権利が、俺にはあるはずだ」

　冴《さ》えない直情型の一将軍を大統領にしたのは、確かに英国政府だ。だが、見返りを求められる覚えはない。この男は、大統領となって、莫大な富で私腹を肥やしている。その資産は、世界中の租税回避地《タックスヘイブン》に分散しているのだ。

　ただ、彼に吹聴《ふいちょう》されては困る秘密条項は山ほどある。それを阻止するなら亡命よりも手っ取り早い方法があるのだが。

「なるほど、では即刻、上と相談します」

「相談だと！　ビル！　そんな悠長な話をしている場合か。俺は一刻も早くこの国から逃げ出したいんだ」

「拙速《せっそく》にことを運んだ結果、脱出途上で命を落とすようなことになってもよろしいのなら、すぐに手配します。ですが、一週間、この穴ぐらで頑張って戴ければ、すべての手続きを整えて、安全に亡命して戴けますよ」

　英国は絶対に、この男の亡命なんぞ認めない。だが、〝抹殺〟は俺の職務外だ。

「本当だな。本当に一週間、ここで頑張れば、助けてくれるんだな」

「そのために、いくつか教えて欲しいことがあります」

「なんだ」

「ジミー暗殺の首謀者は、誰です？」

「言ったはずだ。知っていたら、こんなに怯えんよ」

「ロドリゴなら、知っているのでは？」

「まだ、捜査中だと言っている」

ドミノの命令には絶対服従の男が、シルバ拘束《こうそく》を独断でやったというのか。

「なのに秘密警察は、ジャン・シルバを拘束したんですか」

「まさか。なぜ、シルバを拘束するんだ。意味が分からん」

「でも、ウチの大使館員が、事件直後の空港で目撃しているんですよ。秘密警察とおぼしき連中が、シルバ隊長を拘束して連れ去ったと」

「ちょっと待ってくれ。確認する」

デスクには電話が三台並んでいた。そのうちの一台が黒電話で、ドミノはその受話器を取った。

「私だ。ラモン長官を頼む」

そう言ったドミノが、カートライトの方を向いた。

「奴が私に断りなしに、軍の高官を逮捕なんて絶対にせんよ。それはあり得ん！」

だが、あり得ないことが、次々と起きてるじゃないか。

「ああ、ロドリゴか。おまえ、シルバ隊長を拘束しているのか」

ラモンの太い声が、受話器口を通して聞こえてきたが、内容までは聞き取れなかった。

「誰の指示だ。私はそんな命令を出してないぞ。いや、あり得ん。本人も否認しているんだろ。今すぐ、釈放するんだ。いや、これは大統領命令だ。いいか、私の知らないところで、こそこそ捜査をするな！　いいな！」

最後は怒号を発してドミノは電話を切った。

「信じられないが、あんたの言う通りだった。奴らはシルバを締め上げて吐かせようとしていたという。シルバは軍人の鑑《かがみ》のような男なんだ。大統領候補を空港で暗殺するような愚行など、するわけがない」

相手が恩のある軍人であっても、ドミノがこれほど誰かを持ち上げるのを聞いたことがない。

「軍人が大統領選に出馬するなら、シルバを措《お》いていない。何より、奴の人望は絶大だ。そんな英雄を俺が逮捕したと知られたら、ますます俺の命はヤバくなる」

なるほど、腑《ふ》に落ちた。この男らしい。

「だとすれば、ジミーを排除すれば、シルバは大統領に一歩も二歩も近づけるのでは？」

「奴はバカじゃない。こんな大混戦必至の大統領選挙になんぞ、自らすすんで関わるわけがない。そもそも奴の人気が高いのは、骨の髄《ずい》まで軍人だからだ」

「大統領選挙は予定通り行うんですよね」

「それは、俺がこの国を去ってから、誰かに聞いてくれ。俺が決めたら、無責任だろ」

開いた口がふさがらなかった。

「いっそのこと戒厳令も止めたらどうです。大統領候補が暗殺されたのは、確かに一大事ですが、戒厳令を発令するほどのことでもない」

「クーデターを未然に防ぐためなんだ」

「おっしゃっている意味が、分かりません」

「だから言っただろうが！　次のターゲットは俺かも知れん。だから、それを未然に防ぐための戒厳令だ。本当は、軍の武装解除もし《し》たいのを我慢しているんだぞ」

己《おのれ》の命を守るために、戒厳令を敷いたのか。

第四章　殉　死

民主主義は文字通り生か死かの問題である。

『文部省著作教科書　民主主義』より

1

　ジミー・オハラ上院議員暗殺からの一週間は、怒濤《どとう》の勢いで過ぎた。依然として戒《かい》厳令《げんれい》下にはあるものの、外出禁止令は夜間のみに限定されて、街は活気を取り戻しつつある。

　特派員記者の宇津見《うつみ》のアシスタントになった渉《わたる》は連日、パールの街に出て市民に取材した。

　この日は、日々の生活と来る《きたる》大統領選挙について、街行く人々の声を集めていた。宇津見からは最低でも五人の声を拾ってこいと言われていた。

　ピーターの特訓で、日常会話程度のメコン語は話せるようにはなったものの、インタビューするレベルにはほど遠く、宇津見は通訳兼アシスタントとしてアナ・グエンというパール大学の女子学生を付けてくれた。アナは貿易商の父親の仕事の都合で、中学生時代に東京に住んでいたことがあり、語学が堪能《たんのう》だった。エネルギッシュなアナは、物おじせずにインタビュー相手を捕まえてきてくれる。

中央駅では、客待ちをしていたタクシーの運転手に声を掛けてくれた。

「彼は、元はパール市の公務員だったけれども、ドミノ大統領が公務員のリストラを断行したんで、クビになったそう。だから、家族を養うためにタクシー運転手をしている。年齢は、四一歳」

気の回るアナはいつも簡単なプロフィールを先に聞いてくれる。だから渉はすぐに取材に取りかかれた。

「景気はどうですか」

「最悪だね。ちょっと上向きだったのに、オハラの暗殺で、また逆戻りだ。メコンはこの繰り返しだね。ほんと、生活が大変だよ」

「公務員時代は、どんな仕事をされてたんですか」

「税務担当だよ。係長で、部下が七人いた」

黄ばんだワイシャツの袖をまくり上げ、泥はねで汚れているグレーのズボンという出《い》で立ちからは、想像できない。

「どうしてリストラされたんです？」

「それは、市長に聞いてくれ。真面目だけが取り柄の俺に、クビになる理由なんてないから。俺は、金持ちのくせにズルをして税金を払わない奴からもちゃんと税金を取った。もしかして、その中の誰かに恨まれてたのかも知れないな」

いかにもありそうな話だった。

「じゃあ、オハラ上院議員の選挙出馬については、どう思いましたか？」

「もちろん大歓迎だ。彼に大統領になって欲しかったよ。彼は誠実だったに違いない。だから、暗殺されたんだよ」

「というと？」

バスやタクシーや三輪タクシーがひしめき、互いにクラクションを鳴らし合う駅前で、話を聞くのは骨だった。

「メコンじゃね、誠実な人ってのは、国宝級っていわれるくらい数が少ないんだ。だから、みんな期待した。こういう人こそ、俺たちの大統領に相応《ふさわ》しいって。でも、ドミノ将軍はもっと長く大統領をやりたかった。だから、新しい大統領となるために帰国したオハラさんを殺したんだ」

誰にインタビューしても、ドミノがオハラを殺したと言う。軍事政権下では、独裁者の批判は即刑務所行きだと思っていたのだが、ジミーの死をきっかけにパール市民は、口々にドミノのあくどさを非難した。

「ドミノ大統領の政治の何が不満なんですか」

「全部だよ、全部。あいつは、軍人の中では少しはましな男だと思っていた。けど、大統領になってからは、反対派を次々と刑務所に放り込んだ。たくさん殺されたよ。俺の友人も死んだ。いい奴だったんだ。

子どもたちが学校に行かず、愚連隊《ぐれんたい》になった方が得だと思うような社会にしたのは、あいつだよ。景気も悪いしな。この駅で、一体何時間客待ちしていると思う？　二時間だぜ。なのに、客は捕まらない」

その後、暫《しばら》くアナが通訳を中断して、運転手と激しくやりとりをしていた。片鱗《へんりん》しか理解出来ないけれど、どうやら自分を運転手として雇《やと》えと言っているようだ。

なんとか収まったのを見計《みはか》らって渉が言った。

「アナ、最後の質問を頼む」

最後の質問は、「誰に、大統領になって欲しいか」だった。

「誰がなっても同じだそうです。でも、敢えて言えば、グレイスさんだって！　彼女、圧倒的な人気ですね」

これまでに取材した市民の数は、二〇人以上だが、大半がグレイス大統領を望んでいた。一部の新聞やテレビで、グレイス・オハラは大統領選に出馬すべきだと囃《はや》し立てているからだろう。

涉は謝礼の一〇〇〇ペニ札を男に握らせて、礼を言った。日本円に換算すると一〇〇円にも満たない額だ。

「あんなにあげなくていいのに。ワタルさん、いい人過ぎる!」

宇津見からも、取材謝礼なんて払わなくていいと言われているが、大抵の取材対象者は取材が終わるとカネを無心する。アナが無視すると怒り出す者もいる。そこで、五〇〇から一〇〇〇ペニ程度を、自腹で支払うようにしていたのだ。

「彼の印象は?」

取材を終えると、必ず聞く質問だった。

「ウソつき度は五〇%かな。あの人、どう見ても生真面目《き》じゃない。だから、クビになった理由は別にあるかも。大統領批判は、みんなが言っていることだから、ウソもホントもないけど、でも、駅で二時間待っているっていうのはウソ。ほら、もうカモを捕まえた」

アナの視線の先を見ると、大きな荷物を持った女性を車に押し込んでいる。

なるほど、強引な商売をしている。

「今度は、あの若い人にしませんか」

涉が答える前に、アナは駅前でビラを配っている若者に駆け寄ると、たちまち交渉を成立させた。

「彼は、パール大の学生だそうです。そして理想の政治を考えるというトー教授の自主ゼミ生でもあるんですって」

アナが、一枚のビラを渡してくれた。

「トー教授を大統領に、って書いてあります」

「トー教授って、政治学の先生だよな」

去年の夏、ピーターと共に会いに行った。立憲政治の重要さや民主主義の危《あや》うさなども理解したメコンの知の巨人だった。渉の父とも昵懇《じっこん》だった。

確かに、トー教授のような人物が大統領になればメコンも変わるかも知れないが、現状では難しいだろう。彼は既に年齢は七〇歳を超えているし、過去には政治犯として一〇年以上刑務所暮らしを余儀なくされている。心臓に持病もあるはずだった。

渉の取材を受ける合間にも、学生はビラ配りを続けた。だが、受け取る人は少数だった。

「トー教授は、メコンの偉大な政治学者で、きっとメコンに民主主義をもたらしてくれるからだって。私もゼミを覗《のぞ》いたことがあるけど、トー教授のお話は刺激的よ」

アナ自身が興味を抱いているようで、渉が何も言わなくてもマシンガンのように質問をぶつけていた。相手も負けじと応じている。

まるで怒鳴り合っているのかと思うほど、メコンの言葉は激しい。

「オハラ上院議員の暗殺については、とても残念だって。でも、暗殺の噂は前からあったので、防げなかったのは国民にも責任があると言ってるよ」

「暗殺の噂は何か根拠があったんだろうか」

「彼が言うには、英国から帰国する直前のオハラ上院議員とトー教授はSkype《スカイプ》で話したそうなの。パールに戻ったら暗殺の可能性もあるから、自重した方がいいとアドバイスしたけど、オハラ上院議員は、〝承知しているが逃げるわけにはいかない〟と言ったそう。ねえ、トー教授にもインタビューしましょうよ！」

それは、僕じゃなくて宇津見さんがすべきだと思ったが、アポイントメントを取るぐらいは、やってもいいだろう。

「ぜひ、繋《つな》いで欲しいと頼んでくれないか」

「これから教授のところに行くので、ご一緒しようだって。私、ビンさんに電話する」

ビンさんとは、今日雇った運転手のことだ。

その間、渉は学生に英語で話しかけた。相手は、流暢《りゅうちょう》な英語で応じた。

「僕は、日本から来たんです。去年の夏、オハラ上院議員の息子のピーターと一緒に、トー教授に会っているんです」

「君は、ピーターの友達なのか」

そうだと言うと、いきなり抱擁《ハグ》された。

「ピーターは、小学校時代からの親友なんです。彼は無事ですか?」

2

ピーターは、米国大使館にいた。

今日は、渉の取材の手伝いをするつもりだったのに、朝、母から電話があり、父の葬儀の相談をしたいと言われ呼び出されてしまった。

母は何かと用事を作っては米国大使館へ来いという。そのたびに断るのだが、父の葬儀となると無下《むげ》にもできない。

警護するドゥエインが、隣でZippo《ジッポー》ライターの蓋《ふた》を何度も開閉させていてうるさい。緊張した時の彼の癖だ。

「ちょっとは落ち着けよ、ドゥ」

「俺はこういう場所が苦手なんだよ。なんだか、自分の国じゃないみたいだろ」

立派なシャンデリアが頭上から威圧してくるし、室内のインテリアも、メコンの標準からすると贅《ぜい》が過ぎる。

「シルバ小父《おじ》さんの体調はどう？」

秘密警察に拉致《らち》されて厳しい取り調べを受けていた特殊部隊長のジャン・シルバは、三日前に突然釈放された。拷問《ごうもん》のせいで衰弱しており、そのまま陸軍病院に入院していた。

「昨夜、お会いしたら、もうピンピンされていた。今日の夕方には退院できるそうだ」

「疑いが晴れて良かったな」

「疑いもなにも、濡れ衣《ぬぎぬ》を着せられたんだ。むしろ、すんなり釈放されたのが不思議だとおっしゃってた」

大統領の気まぐれか、あるいは、占い師のご託宣《たくせん》か。噂だが、大統領は、大きな決断を迫られると、心酔《しんすい》する占い師に会いに行き、判断を仰ぐそうだ。

ノックと共に黒のスーツを着た中国人女性が入ってきた。母の秘書だと紹介された人物だ。

「まもなく、お母様がいらっしゃいます。お母様は、ピーターさんとお二人でお会いしたいそうです」

　ドゥエインは英語が分からないふりをして、動こうとしない。

「あなたは外してください」

　そう言われても無視して、ドゥエインはメコン語でピーターに尋ねた。

「あのクソ女は誰だ？」

「母の秘書だそうだ」

「中国人だろ。信用しない方がいいぞ」

　メコンでは、中国人の信用は低い。

　ピーターが苦笑《にがわら》いを浮かべると、ドゥエインが勢いよく立ち上がった。そして、秘書の間近まで進み、嫌みったらしく敬礼をして部屋を出て行った。

　母はなかなか姿を見せない。息子に会うのに、そんなに勿体《もったい》を付けなくてもいいのに。暇つぶしにスマートフォンをチェックすると、渉からのメールが入っていた。

〝パール大のトー教授に会いに行く。英国から帰国される直前の父上と、Ｓｋｙｐｅで話をされたそうだ。よかったら、合流しないか〟

　トー教授か……。父の話はもちろんだが、メコンの現状についての見解も聞いてみたかった。

〝後で駆けつける〟と返したところで、母が現れた。

「やっと会えたわ、私の大切な息子に」

以前、使っていたのとは違う香水が鼻をついた。

「母さんもお元気そうでなによりです」

ピーターと並んで座る母は、繋いだ手を放そうとしない。

続いて、中国人秘書とＣＩＡのライアン・スミス、さらにスーツ姿の男女が続いた。

「ちょっと、待って。あなたは、母は僕と二人っきりで会いたがっていると言わなかったっけ」

中国人秘書の名がマーガレット・リーだと思い出したが、敢えて名を呼ばなかった。

「大丈夫。彼らはここに存在していません」

ドゥ、おまえの言う通りだ。この中国人は信用ならない。

「そんな言い訳は通用しないよ。母さん、僕は母さんと二人っきりで、父さんの葬儀の話をするために来たんだ。他人は席を外して欲しい」

母が目配せすると、スミスらは素直に部屋を出て行った。

「気むずかしくなったわね、ピーター」

「父さんが、暗殺されたからね」

悲しくなったのか、母は黒いレースのハンカチを取りだして、涙をぬぐっている。

「今でも信じられないわ。あんなことが起きるなんて」

「でも、現実を受け入れないと」

不思議なぐらい、母に反発していた。理由は分からないのだが、母の態度が原因のような気がした。

「そうね。でも、私は一人でこれ以上耐えきれない。あなたに、一緒にいて欲しい」

ピーターの手を握る母の手に力がこもった。

「だったら、我が家に戻ってくればいいんだよ、母さん。こんな所にいるから心細くなる。みんなも、母さんの帰宅を心待ちにしているんだから」

「みんなって？」

「ベンやマリアだよ」

「ああ、使用人たちね」

なんだ、その言い草は。

「彼らにも随分会っていないわね。でも、ジミーがあんなことになってしまったから、あそこは手放そうかと思っているのよ。一人で暮らすには広すぎるでしょ」

「母さんは、父さんの葬儀を終えても、国に残るの？」

意外だった。「もうメコンなんてこりごり。皆で、アメリカで幸せに暮らしましょう」が母のここ数年の口癖だった。

「母さんにとってはアメリカ暮らしがベストじゃなかったの？」

「暮らしとしてはね。でも、私はジミー・オハラの妻なのよ。国民的英雄の妻としての務めがあります」

どういうことだろう。

「それは、ともかく、昨夜遅くに大統領から連絡があって、ジミーの葬儀を、国葬で執《と》り行いたいと言ってきたのよ。どうかしら？」

耳を疑うことばかりだ。これまでずっと父を敵視してきたドミノ大統領が、父の国葬を提案するだなんて！

「なんて返事したの？」

「ありがたい申し出だから、謹《つつし》んでお受けしますと答えたわよ」

「バカな！　奴は父さんの暗殺を指示した黒幕だって、多くの国民が疑ってるような男だよ。あのＣＩＡたちは、母さんにどんなアドバイスをしているんだ」

「ピーター、大統領を奴なんて呼ぶのはおやめなさい。それに、ライアンは国務省のアジア担当部長で、ＣＩＡではないわ」

ライアンか……。ファーストネームで呼ぶのは不愉快だな。

「いずれにしても、父さんの葬儀を政治利用するのはよくない」

「ジミーは国民的英雄なのよ。国葬は当然だわ」

国民的英雄を連呼する母に、さらに強く違和感を覚えた。父は、そんな風に言われることを誰よりも嫌がった。

――国民的英雄っていうのは、傲慢《ごうまん》な響きがあるだろ。それに父さんは、英雄になんてなりたくないんだ。一人のメコン人として、あるいは国民の代表者として、国を豊かに出来ればそれでいい。

「父さんは、僕ら家族が静かに悼《いた》み送るので、充分喜んでくれるよ」

「ジミーを悼み、新しいメコンを切り拓《ひら》くためにも、国葬にするのが筋よ」

話にならなかった。

「じゃあ、好きにやってください。僕は家族としてのセレモニーを考えます」

立ち上がろうとしたら、強い力で引き戻された。

「ピーター、ワガママもいい加減にして。ジミーは上院議員であり、大統領選挙に出馬するために帰国して暗殺されたのよ。あなたも、ジミーの息子としての自覚を持ちなさい」

「じゃあ、母さんも、未亡人としての自覚を持ってよ。夫が暗殺されたのに、夫と暮らした家にも戻らず、こんな外国の治外法権がある場所にこそこそ隠れているなんて、恥ずかしくないのか。母さんは、やけにメコンという国にこだわっているけど、こんな所にいたら、アメリカ人だと思われる。それとも、本当にアメリカ人になったの?」

いきなり頬《ほお》をぶたれた。

「あなたは、ジミー・オハラの息子として、父の国葬で役割を果たすのです。だから、当分ここにいて、私をサポートしなさい」

馬鹿馬鹿しい。

母の手を振り払って、ピーターはドアを開けた。壁際にドゥエインが控えていた。

「ドゥ、帰るぞ」

だが、二人の間に、数人のアメリカ人が立ちはだかった。そして、背後にいた母が言った。

「もう少し落ち着くまでは、あなたには黙っていようと思ったんだけど……。ピーター、私はジミーの遺志を継いで、大統領選挙に出馬します」

3

「ウソだろ」

　思わず叫んでしまった。

「何を驚いてるの？　夫の無念を晴らすために、大統領選に立つのは、妻として当然じゃないの。だから、あなたのサポートが必要なの」

「つまり、母さんが大統領になりたいのではなく、父さんの身代わりとして選挙に出るという意味？」

「身代わりじゃないわよ。あなたもラジオや新聞で、多くの国民が私にジミーの遺志を継いで欲しいって望んでいるのは知っているでしょう。その期待を裏切るわけにはいかないでしょ」

「政治的な活動の経験もないうえに、長い間アメリカで暮らしていた母さんに、問題山積のメコンの混乱を解決するのは、無理だよ」

「そんなのは、専門家にサポートしてもらえばいいことでしょ。大統領は、国家のシンボルなのよ。だとすれば、私がいちばん相応《ふさわ》しい」

大統領職は、お飾りじゃないのに！

隙《すき》あらば軍事独裁復活を狙《ねら》っている軍部や、様々な資源を鵜《う》の目鷹《たか》の目で狙っている先進国とハードネゴシエーションを行い、疲弊した国民生活を立て直す責任も負うのだ。

「僕は反対だ。今は父さんを失った悲しみで冷静になれないんだと思うけど、母さんには大統領なんて無理だよ」

「あら、ちょっと大学で政治を学んだら、一人前のことを言うのね。でも、私の出馬については、アメリカ政府も全面的に支援すると言ってくれているのよ」

ようやく合点《がてん》がいった。

母は、アメリカに取り込まれたのだ。

「父さんの遺志を継ぐのであれば、アメリカの庇護《ひご》を受けちゃダメだろ。父さんは英国を含め、すべての先進国の干渉から脱することこそ、メコン国民を幸せにすると訴えていたんだよ」

「だから、殺されたのよ」

なんてことを。ピーターは言葉を失った。

「まだ、独り立ちなんて到底無理なのに、身の程知らずの行動を起こそうとしたから、ジミーは粛清《しゅくせい》されたのよ。メコンのような小国は、強国の庇護無しではやっていけない。ましてやドミノのような暴君とは闘えない。だから、アメリカの支援を受け入れて、この国を生まれ変わらせるの」

おそらくは、スミスに唆《そその》かされて、母は理性を失ってしまったんだ。

「それは、メコンをアメリカの植民地にするという意味だよ」

「見解の相違ね。私が大統領になれば、メコンはメコン人の国としてやっていける」

話にならなかった。もはやいくら反論しても、母は聞く耳を持たないだろう。

「ピーター、いずれ、あなたが大統領になればいいじゃない。それまで私が頑張るわ。だから、ぜひ私を応援して、サポートして」

突然、母が哀れになった。

「母さんの気持ちは分かった。でも、あまりに急な話なので、ちょっと考えさせて」

「何を考えることがあるの。あなたは、私の息子なのよ。母の言うことが聞けないの」

「そうじゃない。父さんの死をまだ受け入れられないんだ。だから、時間が欲しい」

「分かったわ。じゃあ、今日一日私と一緒にいて、じっくり話し合いましょう」

「ごめん、今日はこれからパール大学に用がある。ちゃんと考えが固まったら、必ず連絡するから」

母の答えを待たずにピーターは部屋を出た。

「帰るぞ、ドゥ」

ドゥエインが、先導して玄関に向かおうとした時、ライアン・スミスが立ちはだかった。

「お母様のそばにいてくれないか、ピーター」

「あなたにはファーストネームで呼ばれたくない、ミスター・スミス。それより、母に大統領職なんて務まると本当に思っているんですか」

如何《いか》にもアメリカ人的にスミスは肩をすくめた。

「我々はお母様のお気持ちを最大限に尊重すると共に、私たちの友好国メコンに最大限の支援をしたいと考えているだけだよ。これは、既に我が国の大統領も了解されている」

「母を、帝国主義の道具に使うのはやめてください」

「おいおい帝国主義とは、クラシカルだな」

「じゃあ、アメリカの侵略行為を正当化する道具と言い換えます。そして僕の邪魔をしないでください」

降参だと薄笑いを浮かべながらスミスが両手を上げて、道を空けた。

一歩進む度に怒りが増幅し、大声で叫び出しそうになった。

4

ビンは市内を走るあらゆる道路を熟知しているらしいが、ハンドルさばきは乱暴だ。その代わりに渋滞は見事にかわして、二〇年落ちのトヨタ・マークⅡは郊外へと続くハイウェイに入った。

メコンの街中では、トヨタやスズキの中古車をよく見かける。メイドインジャパンに対する信頼度が高いからだ。

そのため、乗用車からトラック、バスに至るまで日本の中古車で埋め尽くされている。クリーム色と黄緑色の年季の入った都バスが塗装を塗り替えることもなく市街を走っている。行き先表示も「東京駅」など、都バス時代のままだ。あるいは、前橋《まえばし》市の畳《たたみ》屋のロゴが入ったトラックや「いつでも迅速《じんそく》丁寧　はやぶさ急便」などと書かれたミニバンもそのままだ。

「日本車といっても、タイやインドで生産しているのはダメなんですよ。だから、逆に日本語のロゴなんかがあった方が、日本製だという信頼度が高い」とアナが教えてくれた。

とはいえ、いくらマークⅡでも二〇年落ちともなると乗り心地は悪く、そのうえビンのひどい運転で、渉はアシストグリップを握りっぱなしだった。

「ワタルは、なぜ、メコンに来たんだい?」

悠然と後部座席に座るチャーリー・ドンが尋ねた。駅前で知り合ったピーターの幼なじみのこの学生が、トー教授に紹介してくれるという。

「ピーターがお父さんの選挙を応援するというので、一緒に参加したくて」

「へえ、日本人の若者って政治には無関心だって聞いてたけど」

「おおむね平和ボケしてるけど、それでも危機感を抱く若者が増えてきたんだよ。僕も、それがきっかけで国会議事堂前のデモ活動をしてみた」

「自由があって豊かでも、なかなか幸せにはなれないんだなあ。ところで、ピーターにとって最悪の事態が起きちゃったけど、彼はどう受け止めている?」

渉は、空港での出来事や自宅での軟禁生活などを説明した。

「酷《ひど》い話だなあ。僕なら、すぐにでも海外に逃げてしまう。それにピーターも凄《すご》いけど、それ以上にワタルの方が凄いよ。だって、外国人は国外退去を命じられて、中には大使館すらクローズした国だってあるんだぞ。民間人で、残らなければならない義務もないのに、ここに残るなんて」

　この一週間、人に会うたびに同様のことを言われている。中には、「どうかしている」と非難する人までいる。

「親友が大変な時に、ここから逃げるわけにはいかないだろ」

「それって、武士道ってやつ？」

「そんな、カッコいいもんじゃないけど、本気で政治に立ち向かう勇気をこの国で身につけたいんだ」

「政治はパッションだと、トー教授はいつもおっしゃっている。ワタルは、自分たちは平和ボケだって言うけれど、僕らの国のように何十年も不自由な独裁政権が続くと、独裁ボケするんだって」

「独裁ボケ？」

「怒りや情熱を忘れて、諦めに支配されてしまうんだ。何をやってもどうせ潰される。反対より恭順《きょうじゅん》こそが、この国で生きていく知恵だ。僕の両親なんかも、そう信じて疑わない」

　チャーリーの言葉に、アナも激しく同意した。

「私の両親は、本気で日本への移住を考えている。娘が政治に関わることについても反対だし、できれば金持ちの日本人と結婚して欲しいって思っている。でもそんなのは真っ平ごめん。だって、メコンは私たちの国なんだから」

そうだ。アナやチャーリーにとって、メコンで起きていることは祖国の現実なのだ。所詮《しょせん》は客人の一過性の興奮とは次元が違う。

「やっぱり、僕みたいな部外者は相当失礼だね」

「僕は君に会えて良かったと思っているよ」

「私も、ワタルさんなら、お嫁さんになってもいいな」

アナは、時々突飛《とっぴ》なことを言い出す。どこまで本気なのか分からないけど、頭に浮かんだことは黙っていられないようだ。

ハイウェイから下りて、パール大学まであと少しというところで、車は急停車した。ビンが、早口でアナにまくし立てた。

「軍が検問をしているそうなんだけど、メディアパスで通過していいかって聞いているわ」

渉は構わないと返したのだが、チャーリーが「軍は外国メディアを嫌っているので、通してくれないかも。アナと僕の学生証で入ろう」と提案した。パール大学は反政権派の学者が複数おり、オハラ上院議員暗殺以降、外国メディアを通じて、メコンの混乱を伝えている。そのため政府は、知識人に対する外国メディアの取材を禁じていた。

チャーリーはアナと席を替わった。

「アナは金持ちのお嬢様に見えるからね。ワタルは、アナの使用人になってもらうよ。大学には運転手付き、使用人同行の大金持ちの子女が大勢通っているから、軍は気にもしない」

そんな茶番が通るのかと思ったが、アナもノリノリで面白がっているので、従うことにした。

大学前は、検問のせいで渋滞していた。白人が乗った車両と軍人が押し問答をしている。最後は銃を突きつけられてUターンした。すれ違い様に、後部座席にテレビカメラが見えた。なるほど、外国人メディアお断りは間違いないようだ。

そして、順番が回ってきた。ビンが、早口で軍人に説明すると、軍人が学生証の提示を求めたようだ。その際、アナが一〇〇〇ペニ札を数枚添えて、軍人に微笑《ほほえ》みかけた。

カネを受け取っても、軍人は執拗《しつよう》に車内を覗き込む。渉をじろじろと見て、「彼の学生証は？」と尋ねた。

チャーリーが早口で答えると、通行許可が下りた。ゲートを通過した時に、渉は大きなため息を漏《も》らしてしまった。

「これも、興奮の一つね、ワタル」

アナにからかわれたが、笑う余裕もなかった。

さらにもう一カ所、正門前に検問があったが、そちらは軍隊ではなく、大学自治会によるもので、チャーリーが挨拶するだけで通行できた。

一年ぶりのキャンパスだったが、すっかり荒廃している。

「二ヶ月前に、学内にいる政権の犬たちと自治会が衝突したんだ。最後は軍まで出動する騒ぎとなって、この様だよ。一度は落ち着いたんだけど、戒厳令《かいげんれい》が敷かれたので、また、不穏になっているよ」

ジョセフ・トー教授の研究室は、政治学部にあった。ドアには「メコンの未来の政治を考える会」というパネルも貼り付けられていた。

「やあワタル、ようこそ！」

トー教授は嬉しそうにデスクの椅子から立ち上がり、渉を歓待してくれた。

「突然お邪魔してすみません」

「君ならいつでも大歓迎だよ。お父さんはお元気ですか」

「相変わらず、マイペースで机上の空論を語っています」

トー教授は笑い声を上げると、渉の背中を何度も叩《たた》いた。

「君は、正反対の現場派で頑張っているわけだね」

「お褒《ほ》め戴くほどのことは何もしていません」

チャーリーらはテーブルに着くと、駅前で出会った経緯を伝え、アナを教授に紹介した。

「チャーリーは、トー教授を大統領にというチラシを配っていました。先生が出馬なさったら国民も喜ぶのでは？」

「あれは、チャーリーたちゼミ生が勝手に騒いでいるだけだよ。私はそのつもりはないがな」

「教授、僕らが一〇万人以上の署名を集めたら、出馬すると約束したのをお忘れですか」

チャーリーが言ったが、トー教授は笑って取り合わない。

「で、今日は何人集めた、チャーリー」

「一七人です」

「合計で、二〇〇〇人にも満たない。私の出馬はまだ先だな、それよりも、メコンの未来を導く大統領は、未来に相応しい者がやるべきだよ。老兵は外野からエールを送るのがよろしい」

「じゃあ、グレイス・オハラさんとかですか」

アナが勢い込んで問うた。

「オハラ夫人か……。政治に強い関心がある人には見えないんだがな」

「でも、新聞やネットでは、一番人気です」

「グエンさんは、どう思う。オハラ夫人に大統領職が務まると思うかね」

「政治経験がないのはマイナス材料ですが、お美しいし、亡くなった上院議員の未亡人として、皆が期待しています」

「美しい未亡人ねえ……」

トー教授が言いたいことは渉には理解できた。情緒的なムードで、国家の行く末を託す人物を決めるべきではない――。政治経験のないグレイスに、先進諸国の思惑が複雑にからみ合うメコンの統治など無理だろう。

とはいえ、七四歳のトー教授が大統領という激務に耐えられるのだろうか。それより、トー教授には、若い大統領を支援するアドバイザーとして活躍してもらう方が相応しい。

「教授が、若い世代にメコンを託したいと思われることには、賛成です。ですが、そんな適役の若者がいるでしょうか」

「たとえば、チャーリーはどうだね。彼はバイタリティがあるし、メコンの未来を良くしたいと思う気持ちは、誰にも負けない」

「先生、そんな残酷なことをおっしゃらないでください。僕はいくら頑張っても、候補者にはなれません」

民族的問題ゆえ、無理なのだという。メコンには、大きく四つの民族が同居している。最大数を誇るのは、一〇世紀頃チベットから下ってきたメコン族で、全人口の七〇%を占める。二番目に多いのが中華系、次がチャーリーのベンガル系だが、メコン人は彼らを差別しがちだ。

何となく気まずい雰囲気になったので、渉は話題を変えた。

「トー教授のおっしゃる通り、ピーターのお母さんは、僕もないと思います」

「どうして！」

アナは、承服できないようだ。

「アイコンとしてはいいでしょうけど、あの方は、国家のリーダーとしての力はないと思う」

「ワタル、大事なのは選挙に勝つことでしょ。だったら、選挙に勝てる人を候補者にすべきよ」

「大統領は、アイドルじゃない。メコンの未来を指し示す人なんだ。だからこそ、強大な権力を握るんだよ。その人物が政治に無知であれば、社会は大混乱になるし、再び軍事クーデターが起きる可能性だってある」

トー教授の言葉には、説得力があった。

「じゃあ、他に誰が……」

「いるにはいる」

「教授、誰ですか」

「今は、まだ言えない」

「教授、我が社のインタビューを、ぜひ受けてもらえませんか。メコンで起きていること、さらに大統領選挙に向けたお考えなどを伺いたいんです」

既に宇津見には打診してある。そして、

〝せっかくだ。トー教授のインタビューは任せる〟という返信があった。

「喜んでお受けするよ。何でも聞いてくれたまえ」

そこに、ピーターが姿を現した。

5

ピーターは大学に着いたものの、軍用車に乗っていたため、正門で大学自治会の学生に押し止《とど》められた。仕方なくピーターは徒歩で大学に入った。

メコン最高峰の大学であるパール大学は、ピーターには縁のない学府であった。父の国外追放が原因だ。尤《もっと》も幼なじみや友人らは、ここで学んでいるので、何かと訪れる機会は多い。だから、校内の一番奥まった棟にある、トー教授の研究室にも迷わず向かえた。

歩きながらも、ずっと母の大統領選出馬宣言について考えていた。

どうすれば、あのバカげた行為を阻止できるだろう。母は、一度言い出したら後に引かない。しかも、気分はすっかり悲劇のヒロインだ。父が暗殺されて一〇日も経過していないのに、夫を失った悲しみよりも、自らの大統領選出馬で頭がいっぱいのようだった。

メコン人は、皆、敬虔《けいけん》な仏教徒だ。夫が亡くなれば、しばらくは喪《も》に服し、静かに供養《くよう》の日々を送るものだ。

クリスチャンとはいえ、メコン指折りの名家の子女なのだから、こんな破廉恥《はれんち》な行為は慎《つつし》むべきなのだ。

「へーイ、ピーター！」

思わぬ人物に声をかけられた。

「チャーリーか！　どうしてここに！」

幼なじみとの久しぶりの再会に、ハグし合った。

「偶然、街頭インタビューしているワタルと知り合ったんだ。それでトー教授に会おうということになったんだ」

なるほど、渉からトー教授に会いに行くと連絡が入った時は、唐突だなと思ったのだが、納得できた。

「ピーター、この度は、大変な悲劇が起きてしまった。だが、君にはどうか希望を失わずにいて欲しい」

「教授、既に僕の胸の中には、希望という言葉はないかも知れません。それでも、父の無念を何とか晴らしたいと思っています」

「それでいいよ。とにかく、よく来てくれた」

トー教授が肩を抱いて励ましてくれた。

「教授、二人でお話しできませんか。ご相談があるんです」

渉には申し訳なかったが、ひとまずトー教授だけに打ち明けたかった。

トー教授はピーターを中庭に連れ出した。

「実は、母が大統領選挙に出馬すると言い出しました」

「そうか。グレイスは、まだ、米国大使館にいるのかね」

「いくら言っても、ここが一番安全だからと自宅に戻る気もなさそうです」

「残念だな。さすがにそんな愚かなことはしないだろうと楽観していたんだが」

「アメリカ政府に丸め込まれている気がしてなりません」

それには答えがなかった。トー教授は黙って、中庭に立つ樹齢三〇〇年と言われる楡《にれ》の木の幹を見つめるばかりだった。

6

薄汚れたトヨタ・ランドクルーザーに乗り込んだカートライトは、すぐに頭巾《ずきん》で視界を塞《ふさ》がれた。これから、秘密警察から釈放されたジャン・シルバに会いに行く。俺はそんなに信用ならないのかと思ったが、秘密警察に睨《にら》まれる立場になった以上、この程度の警戒は当然だった。

悪路のため、天井に何度も頭をぶつけるのをカートライトは到着まで耐えた。

唐突に車が停止し、ゲートが開く音がした。

頭巾を乱暴にはぎ取られると、車外に出された。

目の前に白い洋館があった。周辺は見渡す限り何もない。密談場所としては最適だった。

薄暗い廊下を歩き、殺風景でほこりっぽい食堂に案内された。

「ご不自由をおかけしたことをお詫びします」

シルバは、たった一人で出迎えた。カートライトを案内した下士官も部屋を出て行った。

「とんでもない。こちらこそ、お会いできて感謝します」

「感謝するのは私の方だ。あなたがいなければ、私は身に覚えのない罪を着せられ、秘かに処刑されていた。心から、お礼申し上げる」

わざわざ立ち上がると、シルバは深々と頭を下げた。いかにも融通《ゆうずう》が利《き》かない軍人らしい。

「頭を上げてください。それより、あなたを嵌《は》めた人物に心当たりはありますか」

シルバはレモネードを、カートライトに勧めてから、ソファに座った。

「それは、お答えできません」

「ドミノか秘密警察長官のいずれかでは？」

「証拠はありません」

英国人には、何一つ話さないつもりか。

「オハラ上院議員暗殺の首謀者の罪をなすりつけられた理由は分かりますか」

「私が、首謀者かも知れませんよ」

にこりともせず返すシルバは、やはりやりにくい。

「だとしたら、釈放しないでしょう」

言葉は返ってこない。

「私はあなたのことをよく存じ上げないんですが、オハラ上院議員とは幼なじみなんですよね」

「おっしゃる通り。しかし、それも中学校までです。私は陸軍士官学校の高等科に進み、ジミーは地元の高校で優秀な成績を収めて英国に留学した」

「そして、彼はあなたを副大統領候補に推《お》すつもりだった」

「お答えできない」

確証はないが事件発生後の状況を鑑《かんが》みると、ジミーが軍部で頼りにした人物はシルバ以外にあり得ない。

「我々英国が、ジミーを支援していたのはご存じですよね」

また、無言。

「英国嫌いのあなたが、それを認めたのが不思議なのだが」

「嫌いなのは、英国だけじゃない。我が国の貴重な資産や資源を奪う輩《やから》は、すべて排除したいと考えている」

「じゃあ、なぜ副大統領候補を受けたんです」

シルバが、大きなため息をついた。

「英国が、ジミーが望む完全なる自主独立国を目指す政策の支援を約束したからだ」

やはり、シルバが副大統領候補か……。

「あなたとジミーは水と油だったと言う人もいるんだが」

「小学校を卒業する時、二人で誓いを立てた。この腐りきった国を俺たちが変えようと。だから、私は軍に行き、ジミーは先進国で学を積んだんだ」

泣かせる友情物語があったというのか。だが、そんな話を、ジミーから聞いたことがない。

「それにしては、二人の接点が少なすぎませんか。特に、ジミーは二度も逮捕・投獄され、『帰国したら死刑』と言われて国外追放もされたのに、あなたは静観している」

「だが、ジミーは死ななかっただろう。インテリジェンスは、先進国の専売特許じゃない。三等国は、三等国なりにあれこれと知恵を絞り、謀略を巡らせるものだ」

面白い男だな。

「それは失礼した。では、もう一度伺いたい。ジミー暗殺を命じたのは誰ですか」

「検討に値するだけの事実が摑《つか》めていない。そもそも怪しい奴らが多すぎるだろう」

それは否定しない。

「あなたは暗殺事件が起きる一週間前から特殊部隊の精鋭に極秘訓練を行ってい

る。それは、暗殺のためでは？」

「ミスター・カートライト、英国はそこまで耄碌《もうろく》したのか。あれは、暗殺を防ぐ特別隊を編成するためだ。残念ながら、成果を上げられなかったがね」

「狙撃した兵士は、特殊部隊に属していたのでは？」

「特殊部隊員全員を知り尽くしているわけではない。特殊部隊は三つの小隊に分かれている。現場で射殺された二人は、第三小隊に所属している」

「第三小隊長が、事件に絡んでいる可能性は？」

「彼は事件直後に毒をあおって死んでいる。検死では、自殺だそうだ」

だが、シルバは自殺だと思っていないらしい。

「狙撃は、二カ所からなされたようだが」

「よく知っているな。一カ所は射殺された二人の兵士からで、もう一カ所は空港ターミナルの屋上からライフルで狙撃された」

「ライフル犯の目星は？」

「言えない」

そろそろ我慢の限界だった。

「なあ、シルバ隊長、あなたと私は同じ目的で動いている。そろそろ手を結ばないか」

「同じ目的とは片腹痛いな。あんたらは、単に事件が解明できればいいんだろ。だが、私は違う。ジミーの遺志を継ぐ方法を考えなければならないんだ」

「そのためにもジミー暗殺の首謀者を挙げる必要があるだろう。その狙撃者の手がかりは？」

シルバは、ゆっくりとレモネードを飲んでいる。カートライトはタバコに火を点《つ》けた。

「特殊部隊内に、五人の射撃のエキスパートがいる。そのうちの一人が三日前から行方《ゆくえ》不明だ」

「名前を教えてもらえないか」

「出来ない。国家機密なんでね」

ならば、耄碌した英国のインテリジェンスを駆使するしかないか。

「先ほど、隊長はジミーの遺志を継ぐ方法を考えなければならないと言ったが、それは見つかったのか」

また、無言。

「あなた自身が、大統領選挙に出馬するつもりはないのか」

鼻で笑われた。

「あなたなら、軍からの支援も得られるだろう。国民には、ジミーから副大統領を打診されていたとカミングアウトすればいい」

「英国では、そんな理由で、大統領を選ぶのか」

「まさか、グレイスを推す気じゃあ？」

「女に政治が出来るのか」

なるほど、そういう立場か。

「誰か、アテがあるんだな」

「答える時期ではない。いずれにしても、英国の支援は受けない」

あれこれ考えを巡らせて、ある人物の顔が浮かんだ。

「そうか、パール市長だな。確かにウェンなら適任かも知れない」

ウェンは、将来有望な陸軍将校だった二五歳の時に、一念発起してパール大学に入学。トー教授の下で、政治学を学んだ変わり種だった。その後政治の世界に飛び込み、軍事独裁が始まって以来初めて行われたパール市長選挙に当選し、二期目を務めている。

軍関係者からの評価も高く、ドミノ大統領との関係も良好だった。

ウェン市長の就任以来、パール市は治安が良くなり、電気やガス、水道といったライフラインの整備も進んだ。

また、三権分立こそが民主国家の基礎であり、国民主権の憲法制定の重要性や国会改革の必要性などについても、具体的な実現プランを提示していた。

——敵対からは何も生まれない。国が物心共に豊かになるためには、様々な関係者を巻き込んで当事者意識を持ってもらうことが大切なんだ。だから、私は軍部とも市民活動家とも仲良くする——、というのが持論だった。

いきなりシルバが立ち上がった。

「わざわざご足労戴きありがとう。二度とお会いすることもないだろう」

シルバは、それだけ言い残すと部屋を出て行った。

窓の外では夕暮れが迫り、大きな太陽がメコンの地平に沈みつつある。

あたりは、茜《あかね》色一色に染まっている。

陽は沈み、陽は昇る——。天の営《いとな》みは変わらないのに、人間の営みは陽が昇るたびに変化していく。しかも、大抵は期待外れな方向へと流れていく。

インペリアルホテルまで送り届けるという下士官が現れたところで、スマートフォンがメールを受信した。

ヒュー・ジョーンズからだ。

〝グレイス・オハラを大統領選挙に出馬させようと、アメリカが動いているという情報が入りました〟

インペリアルホテルのロビーで、カートライトはヒューと合流した。

「面倒なことが起きたようです」

ヒューが周囲に目配りをして囁《ささや》いた。

「何事だ」

「パール市長が反逆容疑で拘束されているという情報が、飛び交っています」

まるでヒューの言葉を待っていたように、屋外が騒がしくなった。ホテルの外に駆け出るとパトカーが何台もサイレンを鳴らして走り、その背後から軍用車が続いた。

「中国国家安全部に、国家機密を漏洩《ろうえい》した疑いだそうです」

中国だと。

「いつから、ウェンが中国に籠絡《ろうらく》されたんだ。そんな話は、聞いたことがないぞ」

「来月、ウェン市長が、中華系の未亡人と結婚するのは、ご存じですか」

「いや、知らない」

「その女性が、国家安全部のスパイだったそうです」

「何という女性だ？」

中国の女狐《めぎつね》がメコンに紛《まぎ》れ込んでいるなんて情報を耳にしたこともないし、そもそもそんなヤバい人物を見逃すわけがない。

「楊麗華《ヤン・リーファ》という名前だったと思います」

「楊さんなら知ってるよ。亡くなった夫とは、ブリッジ仲間だった。だが、あの夫婦は華僑《かきょう》で、中国には長い期間足を踏み入れてもいないぞ」

楊家はメコン屈指の大富豪で、三年前に夫が亡くなるまでは親しく付き合っていた。年の離れた未亡人の麗華とはその後付き合いが途絶えたが、彼女が中国の情報提供者《アセット》だったなんて話は耳に届いていない。

「ですが、楊夫人がウェン氏を誑《たら》し込み、ウェンは国家機密を漏洩したうえに、ドミノ大統領暗殺を目論《もくろ》んでいたと」

バカげたことを。

どいつもこいつも、何をやってるんだ。

大統領候補の意中の人物としてウェンの名を挙げた時の、シルバの反応を思い出した。

奴は、否定も肯定もしなかった。あの男は、意に染まない指摘には、ちゃんと否定の言葉を返した。だから、ウェンを推しているなと直感したのだ。

ならばシルバにとっては、ジミーに続いて大統領候補を失うことになる。あるいは、拘束されている情報を知っていたのか。

7

オハラ上院議員の暗殺に続き、民主化のリーダーだったウェン市長が逮捕されて、遂に国民の怒りが爆発した。市民が群《むれ》をなして、大統領府を取り囲んだ。

市長逮捕の翌日、ピーターが「デモに参加したい」と言い出した。

だが、ドゥエインは、「戒厳令が出ている。絶対にダメだ」と頑《がん》として認めなかった。

ピーターは、携帯電話を取り出すと、誰かを呼び出した。そして、暫《しばら》く話した後、電話をドゥエインに渡した。話し始めてすぐにドゥエインの顔つきが変わり、背筋を伸ばした。どうやら彼が逆らえない人物を利用して、ピーターは我《が》を通したと見える。

「渉、行くよ。ドゥエインのお許しが出た」

ピーターと渉が高機動多用途装輪車両《ハンヴィー》に乗り込むと、先導車が付いた。助手席には、渋面のドゥエインが座っている。

「シルバ隊長がデモへの参加を許可したからといって、勝手な行動は慎んで欲しい。二人とも必ず俺の指示に従ってくれ、いいな」

ピーターは小さく頷《うなず》いただけで、窓の外を見ている。

「ピーター、デモで何かやる気なのか」

渉は、日本語で尋《たず》ねた。

「もうじっとしていられなくなっただけだよ。日本で、僕は何度もＩＰＣのデモに参加したんだよ。なのに母国の民主主義を守るための運動に参加しないなんて、あり得ないでしょ」

気持ちは分かるが、日本でのデモ活動は、絶対的な安全が保証されたうえでの活動だ。それに引き替え、今やメコンは戒厳令下にある。同列で、考えるのは乱暴だった。

「危険すぎる。武力制圧されるかも知れないんだぞ」

「じゃあ渉は、日本で機動隊が武力制圧するのが分かっていたら、抗議行動をやめるのか」

渉は口ごもってしまった。返す言葉が見つからないのだ。

重苦しい沈黙の中、ハンヴィーは大統領府に向かっていた。

やがて、目的地に着くと、武装兵士が次々と、車両の周囲を囲んだ。

「グレイス！　グレイス！」と連呼する者と「ウェン、解放！」と叫ぶ者が入り乱れている。さらに、そのシュプレヒコールに刺激されて、群衆はさらにヒートアップした。

その熱狂は、まるで生き物のようにうねり、大統領府の正門へとじりじり迫っていく。

日本とは比べものにならないデモの熱量と狂気。それを目の当たりにして、渉は戦慄《せんりつ》した。

うねりの先頭にいた者たちが、正門に取り付いて、激しく揺さぶっている。

すでに、彼らに言葉はなく、獣じみた咆吼《ほうこう》であった。

大統領府の門に立つ兵士たちが、銃を構えた。

「何やってんだ！」

渉の隣でピーターが叫んでいる。

軍隊が、国民に銃を向ける——。あってはならないことが起きている。

その時、数発の銃声がした。

銃は空に向けて撃たれたようだ。それで怯えるどころか、群衆はさらに熱狂した。

兵士全員のライフルが、彼らに向けられた。

そして、ライフルの銃口が、火を噴いた。

渉には、何が起きたのか分からなかった。やがて、群衆が蜘蛛《くも》の子を散らすように、逃げて行く。

やがて、正門前から人が消えた。

ただ一人、倒れたまま動かない男を除いて。

先にピーターが門に向かって駆け出した。

渉は必死で追いかけた。

ピーターが屈《かが》んで男を抱きかかえた。血まみれのチャーリーだった。

「チャーリー！　しっかり」

黄色のポロシャツが血まみれになるのも構わず、ピーターは懸命に止血しようとした。だが、チャーリーの体は反応しない。

「もういい、ピーター、残念だが彼は死んでるよ。早く、ここから撤退するんだ」

「友人を置いていけない。それに、こんな理不尽は、我慢できない」

そう言うと、先程までチャーリーが手にしていたハンドマイクを握りしめた。

渉はメコン語はさして分からないが、こんなことはやめよう！　とピーターが訴えているのは分かった。

その時、グレイスの声がした。

「暴力からは何も生まれない。だから、ラプチェット、私と話をしましょう、だと。ご立派なもんだ。あの人が現れなければ、発砲騒ぎなんて起きなかったのに」

ピーターは、母親を睨みつけ、しばらく動かなかった。

8

大統領府の門前の騒動を、カートライトは大統領府の正面に建つ貿易センターの屋上から見つめていた。

あの程度の騒ぎで、国民を撃つとは。

戒厳令が出ているのだから、デモを鎮圧するための脅《おど》しをかけるぐらいはやるだろう。だが、過去に、ドミノが国民に直接銃口を向けたことはなかった。なのに、なぜ。

そもそも一斉に発砲したのに、犠牲者が一人だけだったのも解《げ》せない。

双眼鏡を覗いていたカートライトは携帯電話で、大統領府の正門の近くにいるヒューを呼び出した。

〝まさか発砲するとは思いませんでした。ドミノも相当ヤキが回ったんでしょう

「門兵全員が撃ったように見えたんだが、犠牲者が一人なのが気になる。銃は空包《くうほう》だったんじゃないのか。調べてくれ」

一方のグレイスは、ひたすらドミノに呼びかけていた。車の屋根に取りつけたデッキに一人で立っているように見えるが、実際は、彼女は防弾ガラスに守られている。だから、あれほど堂々としていられるのだ。

正門の方で動きがあった。一台の乗用車が現れ、グレイスの車の前で停まり、スーツ姿の男が降りてきた。

大統領の秘書官だ。秘書官は、グレイスに何か話しかけている。

「みなさん、今、ドミノ大統領から、連絡がありました。私と会うそうです」

グレイスはそう言うと、大統領府から出てきた車に乗り込んだ。

CIAのライアン・スミスも一緒だ。

ヒューから連絡が入った。

〝あなたの推理通りでしたよ。もともと、警備隊らの銃は威嚇《いかく》射撃用で空包を詰めていたそうです。なのに、一丁だけに実弾が入っていて、それが学生に当たったようです〟

「誰が撃ったのか分かるか」

〝か〟

〝どうでしょう。被害者が立っていた位置なら誰でも狙《ねら》えます。特定は難しいのでは?〟

ますます気に入らない。

「今、グレイスとスミスが、大統領府に入っていった。おまえも潜《もぐ》り込め」

どうやって? という愚問を吐かず、ヒューは〝了解しました〟と返して電話を切った。

「騒動は、全部録画したか?」

カートライトは、隣でビデオ撮影をしていた「メコン・グローブ」紙のトビーに尋ねた。

「ばっちりです」

映像を再生すると、発砲直後の混乱が映った。人々が逃げ惑《まど》う中、それをかき分けて正門に向かう若者がいる。

間違いない。あれは、ピーター・オハラだ。日本人の友人もいる。

ピーターは、撃たれた男に駆け寄ると、何かを叫んだ。

「さっき演説していた学生は、誰か分かるか」

「おそらく、トー教授の助手をしているチャーリー・ドンという学生だと思います」

ト一教授の助手に、ジミー・オハラの息子、そして、日本人学生か……。

「相変わらずメディアは規制されているのか」

「はい」

ジミーが暗殺された直後から、国内の新聞、放送局に報道管制が敷かれた。それが、現在も続いている。

「ネット配信はできるか」

「そのつもりです」

「特に銃弾に倒れた学生を抱きしめて叫ぶ若者の姿を強調して頼む」

「あれは、ピーター・オハラですよね」

「そうだ。そのキャプションも入れろ」

カートライトは、大使館に電話を入れた。そしてアシスタントに、ピーター、日本人学生、そして殺されたチャーリーのプロフィールを徹底的に調べるように命じた。

「大至急だぞ」

既に群衆の姿はない。大統領府は再び門を閉ざしているが、兵士の姿はなかった。

トビーが、「今、起きたことについてあなたの見立てを聞きたい」と尋ねてきた。

「門兵が撃ったのは、空包だったそうだ。なのに一発だけ実弾が装塡《そうてん》されていた。そして、犠牲者が出た。問題は、誰が何のために実弾を撃ったか、だな」

「誰だか、おおよそ分かっているんでしょ？」

目星はつくが、軽はずみには言えない。

「俺はシャーロック・ホームズじゃない」

「じゃあ、学生を撃った理由は？」

「ドミノの大統領三選を阻止するためだろうな。あいつは悪い大統領だったが、国民に向けて発砲したことは一度もない」

トビーが鼻を鳴らした。

「無実の罪を着せられて処刑された市民が、三〇万人はくだらないんですよ」

「だが、大統領府の前で発砲して、公然と国民を殺したのは初めてだ。しかも、デモの様子は、海外特派員らが注視している。二時間もすれば、ドミノが、無辜《むこ》の国民を撃ち殺したと世界中に喧伝《けんでん》されるだろう」

「その程度で、ドミノが大統領三選を諦めるでしょうか」

「もう諦めてるよ。だから、グレイスを大統領府に入れたんじゃないか」

「ミセス・オハラに、大統領職を譲るんですか」

「大統領職と引き替えに、米国への亡命と身の安全の保証を頼み込むつもりじゃないのか」

「最低だな。そんな保証をしたら、ミセス・オハラの人気が下がりますよ」

「人気を下げない魔法でもかけるんじゃないか、グレイスは」

日に日にグレイス大統領待望論が盛り上がっている。

今日、ここで起きたことで、グレイスの株はさらに上がるかも知れない。

「確かに、未亡人の前には防弾ガラスが立っていましたよ。でも、あの人は、発砲騒ぎがあっても逃げなかったじゃないですか。それどころか、穏やかな口調で、ドミノに対話を求めた。あれは私ですら感動しました」

パール大法学部を卒業したインテリのトビーとは思えない発言だった。

「おいおい、天下の『メコン・グローブ』のエース記者が、バカな発言をするなよ」

「すみません。でも、多くの国民はそう感じたと思うなあ」

尤《もっと》もその点については、カートライト自身も驚いていた。いくら気丈に振る舞っていても、所詮《しょせん》は上流階級出身の女なのだ。発砲騒ぎがあれば、すぐに車の中に駆け込んで逃げるだろうと思っていた。

女は強いな。スイッチが入ると、怖いものがなくなってしまう。

「なあトビー、もし、グレイスがドミノを説得して大統領選出馬を断念させたら、国民のグレイス支持はさらに強くなるのかな」

「間違いないでしょう」

「おまえも、それを歓迎するのか」

トビーが考え込んだ。

「難しい選択ですね。以前からミセス・オハラのことは知っています。エレガントで知性的な人です。でも、まさか彼女が政治の世界に足を踏み入れるなんて思ってもみなかった。国民の人気は確かに高い。でも、政治は素人《しろうと》ですよ。そんな人が、この混乱状態のメコンを治められるんでしょうか。それよりも僕は、ウェンに期待したいんですけどね。彼はパール市長を立派に務めています。この街はごみごみした汚い街でしたが、とても清潔な都市に生まれ変わった。軍人上がりではありますが、少しずつ市民に自由と平等も提供しています。メコンに必要なのは、そういう政治的実績と情熱を持った政治家です」

まったく同感だった。

天頂を移動する太陽の陽射しは強く、首筋を汗が伝っている。椅子の背にかけたジャケットからモルトウイスキーを入れたスキットルを取り出して、一口飲んだ。

それにしても、とんでもない展開になった。

芝居がかったデモとグレイスの演説。そして、一人の若者が凶弾に斃《たお》れた。その若者の死を嘆くピーターの姿が印象的だった。

この三文芝居は、グレイスのためにお膳《ぜん》立てされたみたいだ。

しかし、グレイス自身がこの茶番をお膳立てしたとも思えない。気になるのは、彼女に常に寄り添うスミスの存在だ。

その時、遠くで銃声が聞こえた気がした。

「銃声がしたか？」

カートライトは、ヒューを呼び出した。

〝つい今しがた、メコンの憲兵隊長が、デモで若者を殺害した上等兵を、逮捕したと発表がありました。大統領府護衛の任務に就いていた兵士で、護衛長から空包を装塡して、デモの群衆を威嚇せよと命じられていたのに、独断で実弾を込めて発砲した罪だそうです〟

ドミノらしい対応の早さだ。

「で、銃声だが──」

〝その上等兵が逃亡を図ろうとしたところを、憲兵隊が発砲し殺したんです〟

死人に口なしか……。

〝それと、つい先程、疑惑が晴れたという理由で、ウェン市長が釈放されたようです〟

第五章　鎮　魂

独裁主義は＝中略＝根本の共通点がある。それは、権威を持っている人間が、普通一般の人々をけいべつし、見おろし、一般人の運命に対して少しも真剣な関心をいだかないという点である。

『文部省著作教科書　民主主義』より

1

ドミノ大統領、重大決断
オハラ未亡人を後継者指名か

駐メコン英国大使館執務室のテーブルに並べられた新聞各紙には、異口同音《いくどうおん》の見出しが躍っている。そして、グレイス・オハラとラプチェット・ドミノ大統領が満面の笑みを浮かべて握手する写真が、大きく掲載されていた。メコン国内だけでなく欧米などの一流紙でも、同様の論調だった。

これで、次期大統領は決まったか……。

カートライトはため息をついた。

本国からは、秘密情報部工作総合司令官パティ・グロスターだけでなく、英連邦担当大臣エドワード・パッカードからも直々《じきじき》の電話があったが、グレイスとドミノとの間で何が話し合われたのか把握できていないうちは報告するものがなく――いずれもカートライトは無視した。

おそらくはアメリカ政府の威光をバックに、グレイスはドミノに退陣を迫り、電撃的攻撃に弱いドミノは、軍門に降《くだ》ってしまった。そこまでは想像に難《かた》くないのだが、約束は破るものだと吹聴《ふいちょう》する強《したた》かな大統領が、一度の圧力ごときで本当に屈するものだろうか。

昨夜からドミノとのホットラインに電話をかけ続けているが、留守番電話が応答するばかりだ。

直接会って尋ねるしかないか。

そう決めて上着を羽織《はお》った時、ヒューが飛び込んできた。

「ちょっと、これを見てください」

彼のノートパソコンには日本の通信社の英語サイトが映し出されていた。

血まみれの抗議虚しく

という見出しの下に、大きな写真がある。

射殺されたパール大の学生を抱きかかえて、叫んでいる若者の写真だ。それは、紛《まぎ》れもなくジミーの息子、ピーター・オハラだった。

「いつ配信されたんだ?」

「昨日の深夜です。すみません、日本のメディアは最初からフォローしていませんでした」

ヒューの言い訳を聞き流して、カートライトは記事に目を通した。

大統領府前に集まった群衆の数、パール市長であるウェンの無実を訴えた学生の発言。そして、グレイスの登場、発砲……と続く。

こんな写真を撮る日本人ジャーナリストといえば、あいつしかいない。

カートライトは、携帯電話のアドレス帳を開いた。写真を撮影し記事を書いた、共同通信の記者の宇津見俊哉《うつみとしや》という名をかすかに覚えていた。

電話をしたが、話し中だった。

「ヒュー、これを世界中のメディアに流せ。それから、トビーに連絡して『メコン・グローブ』紙にこの記事を載せろと言ってくれ。俺はピーターに会いに行ってくる」

カートライトは、卓上メモに宇津見の携帯電話の番号を記した。

「それが終わったら、共同通信の宇津見という記者に、もっと詳細な記事を書いて欲しいと頼むんだ。分かっていると思うが、その時は、BBC特派員の名刺を使えよ」

ヒューは、ＢＢＣ契約特派員の資格を持っている。

カートライトは今度は、ピーターの携帯電話を呼び出した。ここも、また話し中だった。

2

パール大学内にある教会に、チャーリーの遺体は安置された。その棺《ひつぎ》のそばで夜を明かしたピーターは、ひとまず自宅に戻ることにした。

共に夜を明かしたトー教授から「今のうちによく眠っておきなさい。それと、血まみれのシャツも着替えるべきだ」と強く言われたからだ。

教会内にはチャーリーの非業《ひごう》の死を悼《いた》む市民が詰めかけている。彼らをかき分けて、出口に向かうピーターに、渉《わたる》が声をかけてきた。彼はチャーリー殺害直後から、共同通信の宇津見記者のサポートに駆り出されていた。

「ピーター、宇津見さんのインタビューに応じてくれないか」

とてもそんな気分ではなかったが、受けるべきだと思った。

素直に渉に従うと、三脚にビデオカメラをセッティングした宇津見が待ってい
た。
その時にようやく、血まみれのポロシャツを着たままなのに気づいた。着替えな
ければと思い、渉に服を交換して欲しいと頼むと、宇津見は「そのままの方がい
い」と言った。
宇津見は英語で話しかけてきた。日本語で返そうとしたら、英語で答えて欲しい
と言う。世界中に配信できるからだという。
「亡くなったチャーリーは、幼なじみだったと聞いたんだけど」
「小学校で同級でした」
不意に、難しい英語の哲学書について語り合ったことを思い出した。
「チャーリーは、パール大学で大学自治会の幹事を務め、トー教授を大統領に推《お》す
活動にも熱心だったそうだけど、そういう活動をどう思っていましたか」
「お恥ずかしい話ですが、チャーリーがそんな活動をしていたのを、最近まで知り
ませんでした。でも、久しぶりに話し合って、情熱家のところは昔と変わっていな
いと尊敬しました」
宇津見の背後に、渉が立っている。
チャーリーも渉も、精神が強く行動的だ。それに引き替え、僕はただ悲しむばか

りだ……。

「大統領府のデモに参加した理由を教えてくれますか」

「ウェン市長の無実を訴えて学生や市民が大統領府で抗議の声を上げていると聞いて、居ても立ってもいられなくなったんです。僕は、日本で留学中に、親友の犬養《いぬかい》渉君と一緒に、日本の立憲主義を守る活動に参加していました。だから、今度は祖国で、自由と正義を守るために闘いたいと思ったんです。……なのに……。正規軍が無辜《むこ》の市民に銃を向けるなんて、あり得ません。しかも、発砲するなんて」

悔しさと怒りで、言葉に詰まってしまった。

ピーターが感情の激しい揺れを抑え込み、顔を上げると、再び質問が始まった。

「自分も撃たれるかもという恐怖はなかったんですか」

「そんなことを、考える余裕はありませんでした。友人が撃たれたと同時に、駆け出していました」

「倒れているチャーリーを抱えて、彼に何か話しかけていたけれど、何と言ったか覚えていますか」

「すみません。覚えていません。とにかく悲しくて」

そこで、ピーターはたまらなくなり、これ以上は答えられそうにもないと謝った。

「では、最後に一つだけ。お母様であるグレイス・オハラさんが、事件の後、ドミノ大統領と会談したのは知っているよね。それで、大統領から後継を頼まれたと報道されているんだけれど、それについてコメントをもらえないかな」

知らなかった……。

チャーリーの死で頭がいっぱいで、その後について関心が向かなかった。

「今のお話が事実なら、とんでもないことです。大統領職は、ドミノ大統領の私物ではありません。なのに」

それが限界だった。

ピーターは宇津見に断って教会から出た。

3

教会の玄関前で、ピーターは大勢の記者に取り囲まれた。それでも立ち止まることなく取材陣の輪を通り抜けようとしている。記者がコメントを取ろうと追いすがるが、ピーターは応じようとしない。どう見てもピーターの様子がおかしい。

渉はピーターに駆け寄りながら、待機していた護衛兵に手を振った。

クラクションを激しく鳴らしながら、高機動多用途装輪車両《ハンヴィー》がこちらに向かってきた。

助手席からドゥエインが顔を出して、「乗れ！」と言った。

先に乗り込んだピーターに続こうとした渉を、ピーターの手が止めた。

「渉、ごめん。ちょっと一人にさせてくれないか」

グレイス・オハラの行動がよほどショックだったのだろうと推察して、渉は引き下がった。

再びけたたましいクラクションを鳴らしてハンヴィーが走り去った後を、何台ものSUV車が続く。

父と幼なじみの死、そして、母の大統領選出馬に関しての不可解さ――。ピーターに降りかかっている試練はあまりにも重い。

「なんだ、一緒に行かなかったのか」

宇津見が、カメラと三脚を担《かつ》いで立っている。

「じゃあ、渉君、今度は君にインタビューさせてもらえないか」

「は？　俺にインタビューしても、意味ないのでは？」

「何を言ってるんだ。君は、日本では立憲主義を守る活動家として有名なんだ。その君が、まさに激動のメコンで何を思うのか。充分記事に値する。それにこれは俺の独断じゃないんだ。今朝配信した記事を読んだ日本のテレビ局が、君に出演して欲しいといっている」

「分かりました。お受けします」

「助かった。じゃあ、準備を手伝ってくれ」

インタビュー相手を助手に使うところが笑えたが、宇津見の指示通り、教会を取り囲む大勢の市民が背景に映る場所で、インタビューが始まった。

「激動のメコンで今、自由と民主主義の意味を探ろうと現場に立つ日本人活動家がいます。早稲田《わせだ》大学政治経済学部四年生の犬養渉さんです。彼は、先日、暗殺されたジミー・オハラ氏のご子息であるピーター・オハラさんと共に、チャーリー・ドンさんの銃撃現場に居合わせました。ドンさんの死について、思うことは？」

「ウェン市長の釈放を、多くの市民が求めていたんです。ドンさんは皆の先頭に立って叫んでいました。すると突然、衛兵が銃を構えて、即時解散を勧告しました。でも、誰もその場を動こうとしません。かなり緊迫した事態になったので、威嚇《いかく》射撃くらいはあるかなと覚悟しました。ところが、いきなり発砲したんです」

「ドンさんの抗議行動は、犬養さんが日本で行っていた立憲主義を守る運動に近いと思うんですが、何か違いはありますか」

宇津見は本当に、どちらも「同じ運動」だと思っているのだろうか。

「若者が政府に対して訴えるという意味では、似ているのかも知れません。でも、ここは、軍が国民に向かって発砲する国なんです。訴えだって命がけです。それからすると、僕らの活動は、平和と安全が担保された上で行われています。レベルが違います」

「でも、主張は変わらないでしょう」

「権力者が暴力を使って、国民の抗議を封殺するような横暴は、現代の日本では起きないと思います。ピーターは『メコンでは、自由に発言し行動することが、とても難しい。だから、日本が羨《うらや》ましい』とよく言います。その恐ろしさを、昨日初めて痛感しました」

「そんな中、若者や市民の一部は勇気を持って立ち上がったわけですが、多くの日本人が帰国する中、犬養さんは残る選択をされました。この先、どのようにメコンに関わりますか」

また、難しい質問だった。ここで勝ち取る権利は、メコン国民のものであり、渉がその運動に参加するのは心情的な共鳴でしかない。

「メコンのことをよく知らない私が、本当に役立つようなお手伝いなど、すぐには見つけられないです」

宇津見さんには気に入らない答えだろうな。

渉はそう思ったが、宇津見はそれ以上は深く尋ねなかった。

「政治とは、人々の自由と権利を守るシステムです。今、一人の日本の若者が、メコンでの厳しい現実の中で、政治の本質を摑《つか》もうとしています」

そう言って取材を終えた宇津見が握手を求めてきた。

「あまりいいコメントを言えず、すみません」

「いや、充分だ。それで、もう一つだけお願いがある。今度は、新聞用に手記を書いて欲しい。そして可能ならば、ピーターにも執筆を頼んでもらえないか」

言うは易《やす》し。果たしてピーターがペンを執《と》れるのは、いつのことだろうか。

4

「坊ちゃんは、どなたともお会いしたくないとおっしゃっています」

オハラ家の執事、ベンは頑とした態度で、カートライトの前に立ちはだかっている。

「俺は、親戚みたいなもんだぞ」

「承知しております。でも、どなたにも会いたくないと」

「じゃあ、一時間だけ粘《ねば》らせてくれ。それでもう一度、ピーターに尋ねてくれないか」

簡単に引き下がるわけにはいかなった。

「畏《かしこ》まりました。他ならぬカートライト様のお願いですので」

そう言って、リビングに案内した。ベンの妻であるマリアが、紅茶とスコーンを運んできた。ベンと共に長年オハラ家に仕えてきた彼女は、料理人としての腕も良く、焼きたてのスコーンの香りはカートライトの空腹を刺激した。

さっそく味わった。それから、テレビをつけた。

メコン国営放送のチャンネルが映し出された。今から、ドミノ大統領の特別会見が始まるという。

会見場に首席補佐官が登場し、大統領を招き入れた。そして、グレイスが続いた。

〝まず、不幸な事故で亡くなったチャーリー・ドンさんに、黙禱《もくとう》を捧げたいと思います〟

二人は立ち上がると、神妙に頭《こうべ》を垂れた。

〝事件の真相はいずれ明らかにするが、ドンさんの死は、何者かの企みによって買収された愚かな兵士による殺人である。政府、そして私自身は一切関与していない。それについては、隣にいらっしゃるグレイス・オハラ女史にもご理解戴《いただ》いた〟

やはり、発砲事件は、アメリカが仕掛けたのだろうか。

〝そして、私は我が国の民主化を望んでやまない者として、次期大統領選挙の不出馬をここに宣言する。さらに、来《きた》る大統領選挙では、グレイス・オハラ女史を全面的に支援したいと考えている〟

それを受けて、グレイスがマイクを手にした。凄まじい数のストロボが瞬いた。

〝夫に続き、メコンの若き俊英《しゅんえい》を失ったことについて、ドミノ大統領は、すべては自分自身の統治能力の欠如にあると、深く反省されました。そして、これ以上国民の間で無意味な殺戮《さつりく》を繰り返さないためにも、次期大統領選挙に出馬せず、民主化に突き進む人物に、未来を託したいとお考えです〟

それが、自分だというのか、グレイス。

ジミーが生きていたら、どんな反応をしただろう。

夫の政治活動を毛嫌いし、祖国に戻ることすら拒絶していた人物が、かくも積極的にメコンの大統領選挙に執着するのかが解せなかった。

〝ドンさんの死について、大統領は無関係だとおっしゃっていますが、根拠はあるのでしょうか〟

英国人のベテラン記者が尋ねた。

〝実行犯を逮捕し、自白も得た。それが動かぬ証拠だ〟

〝でも、既に処刑されている。裁判も開かずにですよ〟

〝軍法会議で本人が自白した。それと、処刑したのではない。逃亡を図ったので、致し方なく射殺したんだよ〟

そんな話を誰が信じるんだと言いたげに、記者は肩をすくめている。

〝大統領の出馬断念については、アメリカ政府との間で何か取引があったんでしょうか〟

フランスのテレビ局の記者の質問だった。

〝何をけしからんことを！　純粋に、グレイス以外にこの国を託せる人物はいないと判断したからだ。そもそも、彼女を次期大統領にと強く推していたのは、諸君らだろ〟

激高する大統領を宥《なだ》めるように、グレイスが発言した。

〝皆様もご承知のように、私は元々政治に関心がありませんでした。正直に申しますと、私たち家族を長い間苦しめてきたメコンという国そのものを、むしろ恨んでいました。それでも夫は、この国の未来を少しでも良くしたいという一心で、帰国したのです。そして、空港で殺されました……〟

絶妙のタイミングで、彼女は目に涙を浮かべた。

〝その時に決心したんです。私がこの国を捨て、幸せを謳歌《おうか》したら、夫の死は無駄になる。それはやってはならないことだ、と。だから、批判を承知のうえで、夫の遺志を継ぐと決めたのです〟

この女はウソをついている。カートライトはそう確信した。彼女は見事に悲劇の未亡人を演じていた。たいした女優だ。

その時ベンが戻ってきた。

だが、ピーターが会うと言ってくれたわけではなかった。

「こちらで、お待ちください」と言ってベンが招き入れたのは、メコン軍の特殊部隊長、ジャン・シルバだった。

5

「意外なところでお会いしますな、隊長」

シルバは、大統領会見を映すテレビ画面を見つめたきり何も言わない。会見では、再びドミノへの質問が続いている。

〝ラリー・ウェンについて、国民の皆さまにご報告がある。取り調べの結果、某国から多額の賄賂《わいろ》を受け取っていた疑惑が発覚した。我が国では、収賄罪は死刑だが、オハラ夫人からの強い要請を受けて、恩赦《おんしゃ》を与え、国外への永久追放とする〟

「濡《ぬ》れ衣《ぎぬ》を着せておいて恩赦とは、呆《あき》れた大統領だな」

カートライトは大げさに嘆息《たんそく》した。

「一つ伺いたい。ジミーが暗殺されて、英国はウェンを後釜に据えるのではという憶測があったが、事実なのか」

「初耳だな。だが、ジミーを失って、我が国首脳は相当動揺しているから、可能性はゼロとは言わないけどな。私なら反対するな」

「彼が軍人上がりだからか」

「それもありますな。パール市長の改革手腕は、高く評価している。しかし、彼は中華系とメコン系の混血《ダブル》でしょう。メコン系国民が七割を占めるこの国で、大統領に就くのは難しいのでは」

メコンは、多民族国家だ。国境周辺には無数の少数民族が存在するし、中華系、さらにはイスラム教徒も少なくない。各民族は必ずしも友好的な関係ではなく、今も頻繁《ひんぱん》に民族間の衝突が起きている。

そのため、ウェンがパール市長に初めて立候補した時も当選は難しいと考えられていた。しかし、現職市長の悪政に大きな不満を抱いていた市民が、民族を超えて連携、劣勢を撥《は》ねのけ初当選を果たした。

しかし、大統領となると、事情は変わる。首都以外では、票を稼げないというのが共通認識だった。そのうえ、ウェンは、パール市の腐敗撲滅《ぼくめつ》のために、それまでの既得権者を徹底的に排除した。その結果、メコン系の有力者の一部から強い反感を買っていたのだ。

「ウェンに限って言えば、民族の壁はない。支持層は、民族を超えて地方にも広がっている。ジミー亡き後、ラプチェットを倒せる有力候補の一人なのは間違いない」

「先程からの話を聞く限り、隊長はウェン贔屓《びいき》に聞こえるがね」

「贔屓《ひいき》ではないが、グレイスよりはまともな政治をやると思うだけだ」

「確かに、そうかも知れん。だが、ウェンはグレイスには勝てない」

「民主主義とは、愚かな制度だ」

異論はない。チャーチルだって「民主主義は最悪の政治」だと断言している。

尤《もっと》も、「これまで試みられてきた、民主主義以外のすべての政治体制を除けばだが」と彼は付け足している。

「軍事国家よりはましだろ」

「それは、否定しない」

驚いた。ガチガチの軍国主義者というイメージがあるシルバの言葉とは思えなかった。驚きが顔に出たのだろうか。シルバが言葉を継いだ。

「軍人の本分は、国家の安全保障の維持だ。政治に関わるべきではない」

「なるほど。さすが、メコン軍人の誉《ほま》れと称えられるだけはあるね。隊長のような軍人がメコンに増えたら、この国は本当に生まれ変われるかも知れないな」

「別に珍しいことを言っているわけではない。メコンの多くの軍人は同じように考えている」

「では、メコンの軍人たちが望む大統領とは誰だね」

鼻で笑われた。

「言ったはずだ。我々は政治に関わってはならぬと」

「そう言いながら、隊長は、グレイスの大統領就任を快く思っていないじゃないか。ならば、どんな人物が相応《ふさわ》しいんだね？」

「あなたは、ここに何をしに来たんだ？」

「それは、先程の私の質問に返答してくれたら、お答えする」

非難がましい視線をぶつけられた。カートライトは平然と、マリアが焼いたスコーンをかじった。英国でもなかなか味わえない旨さだ。

「ジミーの代わりを探すのは、至難の業《わざ》だ。妻というだけで、グレイスにやらせるわけにはいかない」

「答えになってないよ、隊長。私は、あなたが誰を推《お》したいのかを知りたいんだ」

「ウェンを推すべきかも知れないと考えていた。だが、奴が中国に取り込まれているのが分かった以上、無理だな」

ヒューが、同様の報告を上げたのを思い出した。

「ウェンが中国に取り込まれたという証拠があるのか」

「詳しくは言えないが、死んだ楊《ヤン》氏を含め、未亡人も中国の工作員だと裏付けられる証言を得た。未亡人はウェンに取り入り、大統領選出馬を強く薦めただけでなく、莫大な選挙資金を提供する約束もしていた。そのカネが、中国の情報機関から出ていた」

つまり、俺は大間抜けだったということか。

「既に麗華《リーファ》が国外逃亡していることでも、その疑惑は裏付けられた。私はウェンを釈放すべきではないと大統領に進言したが、それは却下された」

「なぜ、却下されたんだ」

「事を表沙汰にしない見返りを、中国政府から取り付けたんじゃないか」

ドミノならやりそうではある。

「さあ、今度はそちらの番だ。ここには何の用で来た？」

「私はジミーの友人だった。ピーターも子どもの頃から知っている。私には甥《おい》っ子のような存在だよ。その甥っ子が、あんな大変な目に遭ったんだ。居ても立ってもいられなくてね」

猛禽類《もうきん》のような鋭い目で睨《にら》まれた。

「英国人は、呼吸するようにウソを吐く——。昔からそう思ってきたが、あなたは格別にウソが下手だな」

シルバはそう言って、タブレットを取りだすと、画面をカートライトの方に向けた。

そこには、血まみれの友人を抱きしめるピーターの写真があった。

6

鳴り響くスマートフォンの着信音が、渉を叩き起こした。

「もしもし？」

体を起こすと、宇津見の事務所のソファで寝ていたのを思い出した。

〝良かった。やっと繋《つな》がった。朝から渉のコメントがテレビで繰り返し流れてるよ〟

「真愛？」

〝パール大の学生が撃たれたことについて、コメントしたでしょ。日本では、SNSでも大騒ぎになってる。Twitter《ツイッター》で、犬養《いぬかい》ヤバイとか、メコン暴動とかのハッシュタグが、人気急上昇している〟

IPCのPR担当である城戸真愛《きどまな》が興奮しながら教えてくれた。

渉はノートパソコンで、共同通信のサイトを開いた。冒頭に渉の映像ニュースがあった。閲覧数《ページ・ビュー》が、二二万回を超えている。アップしてまだ十二時間ほどで、この回数は凄い。

あの平和ボケの日本で、こんなに話題になるとは。

〝それよりスゴいのが、ピーターね。彼は世界的ヒーローになってる。そっちもまとめておいたから〟

Gメールの受信箱には大量の新規メールが溜まっている。最新の受信は二分前で、ピーターからだ。

ピーターのメールは、簡潔だった。

〝会いたい。僕の屋敷前はメディアに囲まれているみたいなので、渉に来てもらう方がいいかも〟

つまり、既にメコンでも、騒ぎが始まっているということだ。

「真愛、悪いけどかけ直す」

相手の返事を聞かずに電話を切った。

〝了解〟と返信したところで、宇津見のメモを見つけた。

〝大統領とグレイス・オハラが緊急会見をするので出かける。一人では出歩かないように〟とある。

だが、ピーターの状況を考えると、そんな悠長なことは言ってられない。

念のために、宇津見にはピーター宅にタクシーで向かうとメールした。そして、取材時に利用しているタクシー会社に、電話を入れた。

〝今日は、配車に一時間ぐらいかかるけど〟

タクシー会社の社長は、そっけない。

「もっと早く行く方法、ないですか」

〝おたくのオフィスの前に、輪タク《シクロ》が停まってるだろう。それを利用したらどうだね？〟

確かに支局の前がステーションになっていて、自転車タクシーがいつも数台停まっている。宇津見からは、シクロは危険だから、絶対に乗るなと厳しく言われている。だが、以前、ピーターと一緒に乗ったが、さほど危険ではなかった。

支局を出ると、まだ午前一〇時になったばかりなのに、猛烈な熱気と湿気が襲ってくる。あっという間に額や首筋に汗が湧いてくる。渉は汗を拭って、シクロのステーションに近づいた。

「チャーチル・ストリートまで」

タバコを吸っている車夫に告げたが、首を横に振られた。

「トゥデイ、ノータクシー」

「なんで、あるじゃん」

手振りで伝えたが、要領を得ない。

「外出禁止令が出てるんだよ」

仲間の一人が英語で説明してくれた。渉は宇津見が急ごしらえで作ってくれた記者証を示した。

「俺はメディアなんだ。だから、頼むよ」

しかし、誰も応じてくれない。

「倍払う」

「三倍なら行ってやるよ」

英語の分かる車夫が、名乗りをあげた。

それでもタクシーよりは安い。

「オッケー」

車夫の前に客席があるシクロは、動き出すと全身に風が当たり、爽快《そうかい》だ。暫《しばら》く走るうちに、額や首筋を湿らせていた汗も吹き飛んだ。

とはいえ、戒厳令下で、外出禁止令も出ている非常時の最中だけに、気が抜けなかった。車夫も緊張しているのだろうか。明らかに飛ばしている。時折、軍のトラックや装甲車が、猛スピードで脇を通り抜けていく。道路事情が良くないため、そのたびに座席から転げ落ちそうになって怖かった。

なんとか目的地まで無事に辿《たど》り着けるかも知れないと思った矢先、前方に検問が見えてきた。

車夫が逃げるように細い路地に入った。

未舗装の細い路地はシクロにしがみついていても振り落とされそうだった。

「もっと、ゆっくり走ってくれよ！」

渉が叫んでも、車夫は速度を緩めない。

「ストップ！」

そう叫んでも車夫は停まろうとせず、路地を右へ左へ折れる。

こいつ、なんだ！　と思った時だった。

急ブレーキと共に、渉は前方に放り出された。

肩から地面に叩きつけられ、そのままうずくまった。周囲に人の気配がしたかと思うと、両脇を掴《つか》まれた。

引っぱり上げられるように立ち上がると、紫色の軍服にベレー帽を被ったあばたらけの男の顔が目に入った。

「ワタル・イヌカイさんですか」

そうだと答えた瞬間、男にスプレーを掛けられて意識が遠のいた。

7

カートライトは、驚いていた。ヒューが拡散した写真だ。そしてシルバが、この写真の存在を知っていたことに驚愕《きょうがく》した。この男を昔気質《かたぎ》のアナログ軍人だと思わない方がいい。

「この写真を見たから、貴殿はここに飛んできたんだろ」

シルバは画面に指を走らせて、Ｔｗｉｔｔｅｒ《ツイッター》やＦａｃｅｂｏｏｋ《フェイスブック》の画面を見せた。

英語、スペイン語、そして、メコン語など多数の言語で、この悲劇の写真がアップされていた。

「一夜にして、ピーターは世界中に知られる英雄的存在となった。それで、あんたはピーターを大統領候補に担ぐ気だろ」

「ちょっと待ってくれ。ピーターが大統領なんて、若すぎるだろ。被選挙権もないのに？」

「我が国の大統領選挙の被選挙権は、メコン国籍を有する成人としか規定がない。ピーターは今年、二二歳だ」

「だからといって、あんな若者に、メコンのような混沌《こんとん》とした社会をまとめられると思うかね」

「思わない。だが、あんたらにとっては好都合だろ。思い通りに操れるからな。だから、私はピーターに、絶対に選挙になんて出るなと言いに来たんだ」

なるほど、それは如何《いか》にもシルバらしい。

「ピーターは勇敢な青年だし、この国を心から愛している。父が暗殺され、あんな事件に巻き込まれ、怒りもしているだろう。だから、うっかりあんたらの煽《おだ》てに乗らんとも限らない。だが、そんなことは断じて許さない！」

「年齢はさておき、彼は頭脳明晰な上に、人間性も素晴らしい。もしかしたら、彼はメコンの希望の星になるかも知れんぞ」

「だからこそ、今はこの国から離れるべきだ」

「暗殺を心配しているのか」

それまで勢いよくまくし立てていたシルバが黙り込んだ。カートライトは、答えを待った。今度は、その甲斐《かい》があった。

「いくら我々が必死に警護しても、出馬なんかしたら、守りきれない。それに、最愛の父を失ったばかりの青年に、今度は母親と骨肉の争いを強《し》いるのかね」

何を叙情的なことを言っているんだと言いかけてやめた。シルバは、真剣にピーターを心配している。

彼は今、軍幹部としてではなく、親友の息子の未来に心を砕く保護者として、ここにいるのだ。

「あんたら欧米列強は、自国の国益しか頭にないだろう。しかし、メコンにも、人間の営みがあるんだ。我々はここで生まれ、ここで死んでいく。大国の気まぐれで、メコン国民の命や未来を潰すようなことを見過ごすわけにはいかない」

部屋を出て行ったシルバと入れ替わりで、ベンが入ってきた。

「カートライト様、坊ちゃんに再度面会の件を尋ねましたが、やはり今日のところはお引き取り戴きたいとのことです」

「ベン、ありがとう。じゃあ、明日、改めてお邪魔すると伝えてくれ」

8

力強いノックに振り向くと、シルバがいた。

「勇敢だったな、ピーター」

「ただ、夢中だっただけです」

「誰にでもできるわけではない。ジミーも喜んでいると思うよ」

「色々気遣って戴いてありがとうございます」

「私は何もしていないよ。それどころか、ジミーを守れなかった。すべての可能性を考えて対応するのが、警護の基本だ。あれは紛れもなく私の失敗だ。許してくれ」

常に威厳と風格を忘れないシルバが、打ちひしがれている。

「犯人は、必ずこの手で挙げる。だから、君は暫《しばら》く日本に戻っていて欲しい」

我が耳を疑った。

「まさか。父が暗殺され、チャーリーも銃弾に斃《たお》れたんです。僕らが立ち上がらなければ、この国は終わります」

「気持ちは分かるが、どうか堪《こら》えてくれ。今は戦う時じゃない」

正義と愛国心のために行動してきた英雄の言葉とは思えなかった。

「冗談でしょ。どうしちゃったんですか。シルバ小父さんらしくないですよ」

「敵が見えないんだ。そんな時に、闇雲《やみくも》に戦ってはいけない」

「敵はアメリカとドミノ大統領に決まってるじゃないですか」

「事は、そう単純じゃない。ドミノは本気でもう一期大統領を務めるつもりだった。なのに、あっさりと豹変《ひょうへん》した。その理由も摑めていない。また、犬猿の仲であるはずのアメリカとドミノが、簡単に友好に転じるのも不可解だ」

政治とは、そんなもんじゃないのか。権謀術数《けんぼうじゅっすう》と裏切りによって、権力は揺れ動く。

「これ以上君を危険に晒《さら》したくない。だから、暫くこの国を離れてくれ」

「そして、僕も両親と同じように流浪《るろう》の民になるんですか」

シルバが唇を強く結んでピーターを見つめている。怒っているのではなく、悲しげだ。

「君はどこにいても、誇り高きメコン人だろ。もっと多くの友を作り、切磋琢磨して己を磨いて欲しい。五年経ったら、必ず君を迎えに行く」

「今やらなければならないことを、五年も先延ばししたら、その頃にはメコンは消滅しているかも知れません」

「大丈夫だ。この私が命がけで、必ずこの国の膿《うみ》を絞り出し、自分たちの手で国家経営が出来るようにする」

それは無理だ。

メコンを救えるのは軍人ではない。政治家だ。

「以前、小父さんは言いましたよね。

失敗すると分かっていても怯《ひる》むな。挑戦こそが、未来を切り拓《ひら》く唯一の道だ――と。ならば、今こそ、その未来を切り拓く時なんです。尻尾《しっぽ》を巻いて逃げるわけにはいかない。そんなことをしたら、僕は一生後悔します」

シルバがじっとピーターを見つめている。ピーターもまた、彼から目を逸《そ》らさなかった。

大きなため息がシルバから漏れた。

「今、俺は突然、三〇年前に遡《さかのぼ》ってジミーと向き合っている錯覚に陥ったよ。いいだろう、やりたいだけやってみろ。おまえの命は、私が身を挺《てい》して守る。ドゥエインもいるしな。おまえは、私の息子でもある。いや、メコンの息子だ。だから息子よ、一つだけ約束してくれ」

「なんです」

「身の安全を守れなければ、おまえの革命は無駄になる。危険だから動くなと言った時は、素直に従って欲しい。おまえの最大の使命は、メコンの未来を切り拓くまで生き残ることだ。命の安売りは許さない」

9

猛烈な吐き気で渉は目を覚ました。

拘束されている。

何だ、これは。

夢だと思いたかったが、体の痛みは本物だった。後ろ手に椅子に縛られている。両足も椅子の脚に固定され、猿ぐつわをかまされていた。一体、なぜこんなところにいるんだ。

室内に灯《あか》りはないが、背後から射《さ》し込む陽《ひ》の光で、空間がぼんやりと見渡せた。鉄格子の……檻《おり》か？

同じような檻がいくつか並んでいる。人の気配もある。

突然、正面の檻が、ライトに照らされた。

男の側に尋問官がいた。その男が、いきなり拘束された男の頬《ほお》を殴《なぐ》った。壁際にいたもう一人が手にしていた鉄棒で、再び男を殴った。呻《うめ》きとも悲鳴とも分からぬ、くぐもった声が殴られた男から漏れる。拷問《ごうもん》であるのは、頭では理解出来たが、そんなものを見せられる理由が分からず、渉は目を閉じた。

男が獣のような声で絶叫した。

驚いて目を開くと、男が鉄棒で脛《すね》を何度も殴打《おうだ》されていた。

尋問官が怒鳴っている。罪を認めろと言っているようだ。

男は泣きながら激しく首を横に振り続けていたが、不意に静かになって動かなくなった。

死んだのか⁉

渉が息を呑《の》んでいると、男はバケツの水を浴びせられた。男が意識を取り戻すと、尋問官が男の髪の毛を摑《つか》み叫んだ。

「おまえがやったんだろ」

男は「そうです！」と叫んだ。

「そうだ。その調子だ。素直にすれば、俺も優しくなれるんだ。おまえのボスは誰だ？」

男が黙っていると、また、殴打が始まった。

その時、廊下に三人の人影が現れ、渉の檻の扉が解錠された。

「いやあ、大変お待たせしたね」

ベレー帽を被った小柄で痩せた男が白い歯を見せた。もう一人の男が、日本語で通訳した。

「君は質問する必要はないんだ。私が尋ねる。君はそれに答える。オッケー?」

嫌だとは言えず、渉は黙って男を見つめた。

「素直で結構。君は、ワタル・イヌカイ君だね」

名前を知られていることに、恐怖を感じた。人違いかも知れないという希望は消えたのだ。

その瞬間、大男の手が渉の頬を張った。首の骨が折れるのではないかと思うほどの衝撃が全身に走った。

「おいおいムン、日本の大切な客人に、暴力はいけない」

「失礼しました! 長官閣下!」

長官?

「もう一度尋ねる。君は、ワタル・イヌカイ君だね」

「はい」

「結構。申し遅れた。私は、ロドリゴ・ラモンという」

ウソだろ……。その名なら知っている。

「私をご存じのようだね。ご想像の通り、私はメコン大統領直轄の秘密警察の長官を務めている。はじめまして、ワタル君」

男が口元を歪《ゆが》めて笑った。

10

ずっと留守番電話だった宇津見の携帯電話に、ようやく繋がった。

「もしもし、ピーターです」

〝ああ、どうも。ちょうど君に連絡しようと思っていたんだ。どうかな、今からもう一度取材をお願いしてもいいだろうか〟

「ええ、構いません。それより、渉はまだ、そちらにいますか」

〝え？　君に会いに行くと、連絡があったけど〟

「まだ、来ないんですよ。携帯に連絡を入れても返事もないんです」

〝おかしいなあ。もう一時間以上も前の話だよ。それに、支局に渉君はいない。出掛けているよ〟

外出禁止令が出ている。なのに、僕は深く考えないで、渉を呼び出してしまった。

不安が一気に大きくなった。

〝検問に引っかかってしまったんじゃないのかな。ウチが使っているタクシー会社に連絡してみるよ〟

宇津見は、それほど危機感を抱いているようには思えない。

単に心配性なだけかも知れないが、何の連絡もなく、こちらの呼び出しにも出ないというのは、渉らしくない行動だ。

「お願いします。こちらでも、探してみます」

電話を切ると、ピーターは警護隊の詰め所に向かった。玄関ロビーでは、シルバとドゥエインが立ち話をしていた。

そこで彼らに事情を説明すると、シルバの顔つきが変わった。

「ドゥエイン、共同通信の支局に行け」

ただちにドゥエインが動いた。

「ピーター、それから、ちょっと話がある」

シルバは、ピーターを応接室に連れて行った。

誰もいないのにテレビがつけっぱなしで、メコンの民俗舞踊が流れている。シルバは、リモコンを操作して消音モードにしたが、映像はそのままにした。

「戒厳令と外出禁止令を、大統領府がなぜ発令していると思う?」

「民衆のデモや暴動防止のためでしょ」

「そうじゃない。無断で外出した者を、問答無用で撃ち殺すためだ。たとえ外国人であっても、この国のルールを破る者は、容赦なく射殺する。その大義名分のために、ドミノは外出禁止令を敷くんだ」

ピーターのスマートフォンが鳴った。

「渉?　心配したよ。今、どこ?」

〝ピーター・オハラか〟

ノイズで途切れがちだが、男の声がした。渉の声ではない。

「そうですが、あなたは誰です?」

〝君のご友人が、事故に遭った。今から言う場所に大至急来い〟

「友人って、誰のことです」

シルバが近づいて、ピーターのスマートフォンに耳を寄せた。

〝決まっているだろう。ワタル・イヌカイだ〟

「事故って?」

〝来れば分かる〟

場所が告げられ、電話が切れた。冷や汗が全身から噴き出している。

11

また男の絶叫が始まった。

「さて、ワタル君、手短に話をしよう。私からのお願いに、ぜひ耳を傾けて欲しいんだ」

渉はパニック寸前だった。

「安心したまえ。素直に応じてくれたら、君にあんな酷《ひど》いことをするつもりはないよ。いいかね?」

渉は何度も頷いた。

「結構。で、お願いというのは、君と親友のピーター・オハラ君のことだ」

恐怖で頭が働かない。渉は歯を食いしばって集中した。

「私はね、君たちのような未来ある素晴らしい若者にとても期待しているんだ。だから、これ以上は犠牲者を出したくない。分かるね」

涉は必死で頷いた。

「ピーターを説得して、彼と共に日本へ帰れ。難しいことじゃないだろ。君だって、こんな場所には、二度と来たくないはずだからね」

そんな説得に、ピーターが応じるはずがない――と分かっていても、涉は協力するという意思表示を必死で伝えた。

そこで、猿ぐつわが外《はず》された。

「必ず説得します」

「それは、頼もしい。だが、私は言葉を信じないんだよ。大切なのは行動だからね」

「ここから出たら、すぐに」

ラモンの顔から笑みが消えた。

怖かった。だが今、目を逸らしてはいけない気がした。

「いい度胸だ、坊や。今すぐ、私の側近にしたいぐらい腹が据わっている。これが、サムライ魂ってやつかね」

ラモンの命令で、後ろ手に拘束されていた縛《いまし》めが解かれた。

「おや、出血してるね。可哀相《かわいそう》に。あとで、ちゃんと治療させるよ」

「いえ、大丈夫です」

「大丈夫じゃないさ。ここは、日本と違ってどこもかしこも不衛生だ。破傷風《はしょうふう》にでもなったら、両手を切断しなきゃならない」

この男はわざと嫌なことばかり言う。

ラモンが上着の内ポケットから文書を取り出すと、副官がペンと共に、突き出した。

「誓約書だ。そこにサインすればいい」

会話は出来ても、メコン語独特の文字はａｂｃすら分からない。無防備に、サインなんかしていいのだろうか。

「私を信じたまえ。今、私が君に提案したことを必ず実行するという内容しか書いていない」

そんなはずがない。もし、ピーターを説得出来なかったら、どんな目に遭わせるかについても記されていそうな気がした。

「男と男の約束だ。早くしたまえ」

懸念よりもとにかくここから逃げ出したい気持ちが勝った。

渉は震える手でサインした。

「君の勇気と協力に感謝する。嫌な思いをさせたね」

ラモンが立ち上がり、渉の手を取ると、強く握りしめられた。

「足の拘束を解いて彼をシャワー室に案内しろ。それから新しい服も用意し、両手の治療をして、オハラ邸へ送り届けるんだ」

副官が踵《かかと》を鳴らして敬礼した。

「二度と君に会うことはない。お互い、そう願いたいものだね、ワタル君」

12

「我が社が契約しているタクシー会社に、二時間ほど前に渉君から配車依頼の電話があったそうだ。だが、生憎《あいにく》車がすべて出払っていて断ったらしい」

ピーターに連絡してきた宇津見の声に不安の色が滲《にじ》んでいる。

〝支局の前に、シクロの乗り場がある。そこにいた連中に聞いたら、渉君とおぼしき人物が、シクロに乗ったことが分かった〟

その途中で不測の事態に巻き込まれたのだろうか。

〝気になるのは、渉君が乗ったシクロの運転手は新参者で、英語を上手に話したそうだ。そして、チャーチル・ストリートには危なくて行けないと皆が言うのに、料金をはずんでくれたら連れて行くと自ら売り込んで、渉君を乗せたと〟

るかも知れない」

「誘拐《キッド・ナップ》ビジネスの組織がよく使う手だ。もしかしたら、背後にラモンの組織がい

宇津見の話を聞いたシルバが言った。

「単純に誘拐ビジネスの組織の手に落ちただけの話ならいいんだが」

「どういうこと？」

「相手がギャングなら、カネで解決出来る」

だが、相手が秘密警察だとそうはいかないかも知れないという。

シルバの無線機からドゥエインの声が流れた。ピーターへの電話で指定された場所付近に到着したという。

「どんな場所だ」

〝現場から三〇〇メートル離れた場所にいますが、見渡す限り人影も車もいません。当該地には、大きな木が一本あって、その下に箱のような物が置かれていまス〟

シルバは、しばらく考え込んだあとで、無線機に向かった。

「ドゥ、上着を脱げ。そして、キャップを目深《まぶか》に被った状態で、車を当該地に横付けして降りるんだ。相手も、遠くから見張っているだけだろうから、おまえがピーターかどうかを見分けるのは難しい」

ドゥエインとピーターの身長はほぼ同じだ。ただ、軍で鍛えた胸板の厚いドゥエインと痩せているピーターでは、シルエットが異なる。

「もし、僕じゃないとバレたら、ドゥと渉に危険が及ぶのでは？」

だが、シルバはじっと無線機からの回答を待っている。

時折無線機からノイズがするだけで、部屋は静まり返っている。

〝隊長、二号車ですが、現場とおぼしき地点の上空を、ドローンが旋回しています。我が軍のものではないようです〟

だとすれば、誘拐ビジネス組織のものか。

「ドゥ？　箱について教えてくれ」

ドゥエインが的確に報告した。一辺が三〇センチほどの立方体の紙の箱だという。シルバの命《めい》で、静かに持ち上げたドゥエインは、「さして、重くありません」と報告した。

〝箱の底部が、血のようなもので濡《ぬ》れています〟

「爆発物の可能性がないとおまえが判断するなら、静かに蓋《ふた》を開けてみろ」

暫く作業に専念していたドゥエインが、呻き声を上げた。

「何だ？」

〝箱の中に人の腕があります〟

ピーターの全身から汗が噴き出した。

「人間のものか？」

シルバの冷徹な声のお陰で、なんとか理性を保っている。

〝そのようです。左腕です。腕時計が一緒に入っています〟

「どんな時計だ、ドゥ」

思わずピーターは叫んでいた。

〝銀色のアナログ時計だ。裏に何か刻印されている。TOKYO UNIV. 1950 TAKETOSHI INUKAIとある。ワタル君と同じ名字だな〟

「お祖父様の名前だ。亡くなられた時に遺品でもらった銀時計で、渉は大事にしていた」

「それだけか」

〝メッセージがあります。「二時間後に、ワタル・イヌカイを解放する。彼からのメッセージに素直に従え」と〟

「よし、それらを回収して撤収しろ」

〝こちら、二号車。ドローンを撃ち落としますか〟

暫く考えた上で、シルバが答えた。

「いや、そのままでいい。写真を撮れ」

それからシルバは軍に連絡をとった。

「特殊部隊の一個小隊をオハラ邸によこせ。さらに、命に関わる外傷を負った者の救急処置が出来る医療体制を整えて、医者と看護師もよこせ」

シルバから渉の血液型を尋ねられた。

「ＡＢ型」

自分と同じなので、よく覚えている。お互い、どっちつかずの性格なくせに、一度決めたら我を通すのは、血液型のせいだと飲み会で笑い合ったこともあった。

シルバが、無線を終えた。そして、副官に、車の用意を命じた。

「どこへ行くんですか」

「大統領府だ」

意味が分からなかった。

「ラモンにこれ以上の蛮行《ばんこう》をさせないように進言してくる」

「ドミノ大統領は、シルバ小父さんの意見を聞いてくれるんですか」

「お願いするんじゃない。言うことを聞かせるんだ」

13

街じゅう大渋滞で、車は一向に進まない。普段なら、オハラ邸から三〇分で大使館に戻れるのに、既に三時間を経過しても、行程の半分を進んだだけだ。軍用車は渋滞など構わず路肩に乗り上げて走り抜けているが、さすがにそれに便乗するのはやめた。

運転手の話では、至るところに検問がある上に、今日はやけに入念だという。騒いだところで始まらない。

カートライトは、ポケットからスキットルを取り出すと、一口あおった。ハイランドパークの独特のヘザーハニーの甘みが、喉を刺激する。

シルバの指摘通り、ピーターを我が方に引っ張り込みたかった。

アメリカの傀儡《かいらい》となるであろうグレイスに一定の影響力を与えられるのではと考えたからだが、さすがに大統領選挙に担ぎ出すまでは想定していなかった。

ところが、「ピーターを大統領選挙に担ぎ出すなんてあり得ない」とシルバに詰め寄られた時に、そういう選択肢に気づいたのだ。

昨日のパール大生射殺事件でピーターが取った行動は、民主化のシンボルになる――。

悪くないな。いや、いいかも知れない。

カートライトは、衛星携帯電話を取り出した。

〝トビーですが〟

地元有力紙「メコン・グローブ」の記者の声には疲労感が滲《にじ》んでいた。

「なんだ、元気ないじゃないか」

〝二日酔いです。昨日、大統領府のスタッフと夜を徹して呑んだんで〟

「で、収穫は？」

〝大いにありましたよ。それは、明日の記事を楽しみにしていてくださいよ〟

さわりだけでも話せと促すと、一〇〇ドルせびられた。

〝大統領は、アメリカに命乞いをしているようなんですよ。その体《てい》たらくぶりを書いてやります〟

「勇気あるな」

〝もう、なるようになれですよ。若者が未来を案じて立ち上がっているのに、俺たちジャーナリストが弾圧が怖くて何も書けないのは情けないですからね〟

派手なタイプではないが、トビーにはジャーナリストとしての矜恃《きょうじ》がある。

「ピーター・オハラをどう思う？」

〝僕らの希望だな〟

「どうした。この国の未来に期待するのは諦めたってのが、おまえさんの口癖だろ」

〝スマホに情報を送りました。見てください〟

カートライトは、トビーが送ってきたＵＲＬをタップした。

「永遠のパダウ」というタイトルのブログだった。すべてメコン語で記されている。

「ピーターのブログなのか」

冒頭にピーターの署名と顔写真がある。

〝イギリス留学中から、断続的に書いていたものですね。日本で、ワタル・イヌカイと出会った時の様子も記されています。メコン帰国後は、毎日更新しています〟

亡くなったチャーリーへの追悼文があった。二人の少年が肩を組んで笑っている。キャプションには、小学校六年生の時に撮影したピーターとチャーリーとある。

そして〝当たり前なことを訴える自国の若者を、銃撃して抹殺する――。こんなことがあってはならない。自由に発言し行動する。それが当たり前の国となるために、僕は闘い続ける〟と結ばれていた。

パダウとは、メコンのシンボリックな花だ。

乾季の終わりを告げる最初の雨の後、パールの街は、黄色い小さな花で埋め尽くされる。

この花は、恵みの象徴とも言われる一方、翌日には散ってしまう儚《はかな》さが、諸行無常にも通じると考えられている。

ピーターは、ブログの冒頭で、「永遠のパダウ」というタイトルの由来を書いている。

――パダウは、メコン人の希望のシンボルです。僕らの希望を、一日で散らさず永遠に咲かせたいという想いをこめました。

〝ブログにアクセス数を示すカウンターがついているでしょ。今朝から、もの凄い勢いで増えています〟

確かに、今もカウンターが増えている。

〝ブログは、英語版もあるのですが、そっちは、もっと凄い勢いですよ〟

英語版を開くと、アクセス数の桁が二桁違った。

〝ジミーの暗殺で、僕らの希望は潰《つい》えたと思いました。でも、ピーターは、ジミーよりもまぶしく輝いています〟

やはり、ピーター擁立《ようりつ》はアリだな。
「ピーターについて調べてくれないか」
〃何を調べるんです？〃
「誕生から今日までの軌跡。彼の政治志向や彼を支援しそうな層だな」
〃まさか、ビル〃
二日酔いの脳みそが、急速に回転を始めたようだな、トビー。
「それと、大至急、世論調査をやってくれ。ピーター大統領への期待度を探るんだ。調査費用は、俺の奢《おご》りだ」
〃ところでピーターの友人の日本人が、行方《ゆくえ》不明になったようなんですが〃
「誰が言ったんだ」
〃共同通信の記者ですよ。彼は宇津見という日本人ジャーナリストの助手をしています〃
「行方が分からなくなったのは、いつ頃だ？」
〃四時間ぐらい前かなあ。最初は、渋滞に引っかかってるんだろうぐらいに思っていたみたいですが、どうやらそうじゃないらしい〃
ピーターを拉致《らち》するなら分かるが、その友人、しかも日本人を拉致する意味があるのだろうか。

「トビー、その日本人学生のプロフィールも知りたい」

痺《しび》れを切らした運転手が強引に車列の間に割り込んで、脇道に入るなり逆走した。

「気をつけろよ。無茶したら撃たれるぞ」

「大丈夫だよ。大使館ナンバーの車を撃つバカはいない」

ヒューからメールがきた。

〝大統領府が、大統領選挙を予定より早く行うと、発表しました。告示は、三日後の五月四日で、選挙期間も一〇日とするそうです。

また、ドミノ大統領は、次期大統領選挙には出馬しないとも正式に表明しました。

選挙に一切干渉しないことを証明するために、選挙告示日の前に国外へ旅行に出かけるそうです〟

14

一時間が経過しても、誘拐犯からの連絡はなかった。オハラ邸に駆けつけた宇津見も、何の手がかりも摑めていなかった。

「なんてことだ。俺がもっとちゃんと警戒するべきだった」

「宇津見さん、悪いのは僕です。軽はずみに渉を呼び出さなければ、こんなことにはならなかったんです。本当に、ごめんなさい」

警護責任者が応接室に入ってきた。手には衛星携帯電話を持っている。

「シルバ隊長からです」

ピーターは奪うように電話を受け取った。

「はい」

〝切断された片腕だが、ワタル君のものではなかったよ。腕に入れ墨があってね。メコン国境周辺の少数民族が入れているものだった。それに、添えられていたワタル君の腕時計が入らないほど太かったよ〟

よかった！

ドゥエインが戻ってきて、白いハンカチで包んだものを、ピーターに渡した。中にあったのは、渉の腕時計だった。

「ワタルは生きてる。時計に付着してた血液型は、O型だった」

渉の血液型ではなかったということだ。

テレビでは、ドミノ大統領がカメラに向かってメッセージを述べていた。

〝この大混乱を一刻も早く解消するために、本日、大統領令によって、大統領選挙を予定より早め、三日後を告示日といたします〟

何を勝手なことを言ってるんだ。

〝また、昨日申し上げた通り、私は大統領選挙には出馬せず、亡きジミー・オハラの未亡人であり、国民からも熱い支持を受けているグレイス・オハラ氏を、正式に後継者指名いたします〟

今回は、母の姿はなかった。

だが、公共放送を使って自らの後継者を指名するとは、政治の私物化じゃないか。こんな勝手を許していいのか！

〝また、もう一つ、大統領選挙の被選挙権年齢を二〇歳以上としておりましたが、それを三〇歳以上五五歳未満とする大統領令も発令いたしました〟

15

新しい衣類を与えられて、渉は車に押し込まれた。

汚れた衣服も、デイパックも戻ってきた。財布、パスポートも入っていたが、祖父の形見の腕時計がなくなっていた。折角、ここから出られるかも知れないのだから、抗議は呑み込んだ。

汗臭いワンボックスカーの後部座席に座るなり、頭から黒い頭巾《ずきん》を被せられた。

悪路を左右に揺られながら、一時間ほど走ったあたりで、車が急停止した。

スライドドアが開く音がして、背中を強く押され、渉はそのまま車外に放り出された。

地面に叩き付けられた痛みを堪《こら》え、頭巾を取ると、荷物が投げつけられた。車が急発進して、砂埃《すなぼこり》を上げながら去ったあとで、渉はのろのろと起き上がった。

ここは、どこだ。

細い蘆《あし》が風に揺れている。鳥が鳴いているし、湖も見える。あまりにも静かでのどかな風景だった。

不意に、怒りが噴き出した。

何に対するものかは定かでないが、これまでずっと堪えていた怒りだった。

ラモン長官に対してか、それとも自分を騙《だま》したシクロ野郎にか。

いや、それよりも恐怖に震えた己《おのれ》自身に一番腹が立った。

その時、軍服を着た体格の良い男二人が、こちらに駆けてきた。

「来るな！　近づくな！」

日本語で叫び、間近に迫った兵士二人を遠ざけようと、両手を振り回して喚《わめ》き続けた。

だが、所詮《しょせん》体格も体力も勝《まさ》る相手に太刀《たち》打ち出来るわけがない。渉は二人の兵士に押さえつけられた。

なんでこんなに非力なんだ。

さらに腹が立ち、涙が止まらなくなった。

「ワタル、ドゥエインだ。さあ、立ち上がって。本当に無事で良かった」

その声が最後の方はフェイドアウトしていった。

不意に渉は目を覚ました。

最初に目が合ったのは、ピーターだった。

「ああ、渉。よかった、ホントよかった。ゴメンよ、君をこんな酷い目に遭わせて」

「君が謝ることじゃないよ。俺が迂闊《うかつ》だったんだよ」

「渉君、何があったのか聞いていいか」

ピーターの隣に宇津見が立っている。

「ピーターの家に行こうとして、シクロを使ってしまいました。そのシクロもグルだったらしく、まんまと拉致されてしまいました」

「拉致したのが、誰かは分かるか」

答えかけて呑み込んだ。

ダメだ。これは、ピーターにしか言えない。

「ほら、まだ体調が万全じゃないんだ。話は打ち切りだ。皆、部屋を出るんだ」

医師に言われて、二人が出て行こうとしたのを、渉が呼び止めた。

「先生、暫くピーターと二人だけで話をさせてもらえませんか」

「もう少し後にしたらどうだね?」

「いえ、今すぐがいいんです」

五分だけだと釘を刺して、医師と宇津見が部屋を出て行った。

「俺を拉致したのは、秘密警察だ。ラモン長官と話をした」

ラモンの名を出した途端、また震えが始まった。その恐怖はピーターにもうつったように見えた。

「即刻、君を連れて一緒に日本に帰れ。そう言われた」

「そんなことのために、君を拉致して、君を脅したのか」

また、寒気が全身を駆け巡った。

「分かった。言う通りにするよ」

「ダメだ」

「えっ？」

「そんな脅しに屈しちゃダメだ」

「僕が出国しないと、君が酷い目に遭うんだろ」

「ピーター、脅しに屈しないってことの怖さを、俺は生まれて初めて知った。だから、本当は今すぐに日本に帰りたい。でも、こんなことで、尻尾を巻いて逃げるわけにはいかない。

　ピーター、俺のために、自分の信念を曲げないで欲しい。ここで踏ん張って、メコンの国民のために闘うんだろ。足手まといになるなら、俺だけが帰国するから」

　いや、俺だって、このまま逃げるわけには……。

　ピーターの背後に医師と看護師が立っていた。

「時間です」

第六章　発　起

民主主義は、権力を握るために国民をせん動したり、自主的な判断を失ってそのせん動に乗ぜられたりするようなことがない場合にのみ、純粋なのである。

『文部省著作教科書　民主主義』より

1

夕食を終え、ひと息ついたピーターは、渉《わたる》の部屋を覗《のぞ》いてみた。よく眠っているようだ。

そっと室内に入ると、ベッド脇の椅子に腰を下ろし、規則正しい寝息を立てる親友を眺めた。

医者の見立てでは、怪我の状態は思ったよりは軽いそうだ。それよりも心配なのは、短時間とはいえ、恐怖に支配されたことによる精神的ダメージだった。

メコン到着直後に、暗殺事件に遭遇し、チャーリーが狙撃された。そんな状況でも、特派員の宇津見《うつみ》の手伝いもこなして、強い精神力で耐えていたのだろうが、さらに突然、拉致《らち》、拘束《こうそく》され、秘密警察長官から脅《おど》されたのだ。

精神に異常を来《きた》したとしてもおかしくない。

ただ、寝顔を見ている限り、いつもと変わらない穏やかな表情だった。

涉は、ピーターの目標だった。

初めて会った日のことを、今でも鮮明に覚えている。いきなり意気投合して朝まで飲んだ。

「俺らの未来を考えたことがあるか。今より、幸せになっていると思うか。

俺は、そう思いたい。

でも、今のこの何をやっても虚《むな》しい社会から、どうやれば幸せなんて想像できるんだろうか」

こんな調子で、涉は常に聴衆に問いかけていた。

「平和ボケで、足下が燃えていても、天から槍《やり》が降ってきても、血まみれになるまで気づかないお気楽な俺たちでいいのか」というのが、涉の口癖《くちぐせ》だった。

「それに引き換え、ピーターの祖国は、何事においても、命がけだ。民主主義ってそういうもんだよな」と何度も言われた。

だが、それは誤解だ。

民主主義なんて面倒なことはいい。ただ、金持ちになれればいい。それも、自分の家族だけでいい——メコンの国民の多くは、そう考えている。

だから、先進国に出稼ぎに行くし、チャンスとあらば利権を貪《むさぼ》る。

それを「悪い」とは言わない。大抵は「賢い」と言われる。

政治になんぞ関わらないことが長生きの秘訣という、日本とはまったく異なる無関心が、国中に蔓延していた。

日本では、平和で自由で豊か過ぎて、政治に関心がない。一方、メコンは恐怖と不自由と貧しさのために、政治に関心を持たない——。

それぞれの国で生まれ育った渉とピーターが、政治に関心を持てと訴えている。

それは、宿命的な出会いだった。

ピーターには、渉の志向や戦略、一つひとつが驚きだったのだ。

見えている社会の事象の中から、問題を見つける視点、そして、それが問題であると訴えるための構築力。それらを、ピーターは渉から学びたいと思っていた。


「ピーター」

すっかり嗄《か》れてしまった渉の声で、ピーターは我に返った。

「具合はどう?」

体を起こすのを手伝い、水が欲しいと言うので手渡した。

涉は喉《のど》を鳴らして飲み干した。

「涉、やっぱり、僕らは日本に戻るべきじゃないんだろうか」

朦朧《もうろう》としているように見えた涉の目つきが変わった。

「さっきドミノ大統領が声明を発表して、大統領選挙の告示を三日後に繰り上げた。さらに、被選挙権年齢を三〇歳以上五五歳未満にしたんだ」

「ふざけた話だな。でも、それで僕が脅された理由が、はっきりしたな。おまえの立候補を潰すためだろ」

「何をバカな。僕が大統領選挙に出るなんて、ありえないでしょ」

「俺もそう思ってた。でも、わざわざ俺を脅したのは、ドミノ大統領が、おまえを恐れているからとしか考えられない。その証《あかし》に、被選挙権年齢を改正している」

「そんな回りくどいことをしなくても、母は圧勝するよ。ドミノ大統領は、母を後継者として指名しているのだし、国民の多くは、それで納得している」

「でも、今起きていることを考えると、君を警戒しているとしか思えないんだ。拉致られる直前、『永遠のパダウ』を見ていたんだけど、凄《すご》い勢いでアクセス数が増えていた」

涉が、ノートパソコンを取り出して、アクセスしてみた。

メコン語版で、一〇〇万以上アクセスされている。

「チャーリーが撃たれ、君が果敢に彼を救うべく大統領府の正門前に駆けつけた。その時の写真で、君は国民から注目を集めた。そして、ブログで、友の死を無駄にしないために立ち上がるべきだと書いたことが、共感を呼んでいるんだよ」

そんな簡単な話なのだろうか。

「君のお母さんは、大きな失敗を犯した」

「どんな？」

「ドミノ大統領と組んだことだ。国民は、ドミノ大統領の圧政を忘れていない。そんな人物と手を結び、後継者指名を受ける。やっぱり、グレイスは政治の素人《しろうと》じゃないのか。

あるいは、セレブには、所詮《しょせん》、メコンの政治なんて司《つかさど》れないと思われた」

説得力はある。

不思議な追い風が吹いているというのは、ぼんやりと感じていた。

「そういえば、ＩＰＣの真愛《まな》ちゃんから、日本で僕らの活躍をサポートするためのサイトを立ち上げたら、超バズって大変なことになっていると連絡が来ていた。でも、僕はチェックすらしていないんだけどね」

「ピーター、一度、自分の名前を、グーグルに打ち込んでみたら、どうだ？」

言われるままに検索してみた。

「なんだ、これ……」

『永遠のパダウ』のブログやチャーリーを抱き起こす写真が、世界中で拡散しており、メコンで数少ない「まともな新聞」と言われている「メコン・グローブ」が、「メコンに新たなる希望の星、現る‼」という記事をアップしていた。

その時、遠慮がちなノックと共に、執事のベンが現れた。

「坊ちゃん、パール大学の学生の代表だという方々が、どうしても坊ちゃんに会わせて欲しいと、いらっしゃっています」

2

ベンが、深夜にもかかわらず来訪者を取り次いだ理由は、そこに集まった人の数と顔ぶれで理解した。

アナ・グエンをはじめ、渉も知っている学生数人、そしてトー教授ら教授陣も三人いた。

「ワタル、どうしたの！」

頭に包帯を巻き、両腕に酷《ひど》い痣《あざ》を作った渉に、アナが声を上げた。

「ちょっと、バカなことをやっちゃってね」と渉は誤魔化《ごまか》そうとしたが、ピーターは事実を告げた。

皆に怒りの波紋が広がった。

「それで、こんな時刻に、僕にご用というのは何ですか」

「ピーターに、大統領選挙に出馬して欲しいんだ」

トー教授の言葉に、全員が大きく頷いた。

「僕より、トー教授が相応《ふさわ》しいと思います。それこそが、チャーリーの弔《とむら》いじゃないですか」

「確かに、チャーリーはずっと私を大統領にという運動を続けていた。だがね、私は政府から政治活動を禁じられている。そして、もう年だよ。これからのメコンのために必要なのは、若者の力だ」

まったく同感だ。

ピーター、迷っている場合じゃないぞ。

「アナは、母の大統領選出馬を歓迎して、応援していなかったっけ?」

ピーターが言うと、アナは顔をしかめた。

「ドミノとの蜜月ぶりをあんなに露骨に見せつけられると、ちょっと冷めちゃう」

「でも、多くの国民は、母の大統領就任に期待している」

「ところが、そうでもないんだ」

トーの弟子《でし》である准教授が、Ｗｅｂニュースを見せてくれた。

「グレイスさんに寄り添っているライアン・スミスという人物が、ＣＩＡ局員だという記事だ。彼は、ラオスでクーデター未遂が起きた時の、陰の参謀《さんぼう》を務めたともある」

記事は、英国の「ガーディアン」という名門紙のものだ。

「また、香港の新聞には、ドミノ大統領は、アメリカが命と財産を保証すると約束したことで、グレイスさんを後継者にすることを了承した、とある」

これらの記事は、グレイスには、打撃だ。

「ピーター、辛いね」とアナが、ピーターの腕に触れた。「でも、それが事実なら、許せない。私のように怒っている人が、増えてきているのよ」

「アナ、ありがとう。だとしても、僕が大統領選挙に出馬する理由にはならないよ」

「『永遠のパダウ』で、チャーリーの遺志を引き継がなければならないと誓ったじゃないの」

「でも、大統領選に出るなんて言ってない」

「ピーター、選挙というのは、勝たなければ意味がない。そして、今のところドミノ大統領が推すグレイスが、最有力候補だ。彼女が、アメリカの傀儡《かいらい》かも知れないとしても、彼女に勝てるだけの人物でなければ、倒せないだろう」

「つまり、僕に母を倒すための客寄せパンダになれと？　でも、なぜ、僕なんです」

「それは、ジミーの息子であり、グレイスの息子であるからだ。そのうえ、殺されたチャーリーの親友でもあった。弔い合戦の旗頭として、さらには、メコンの正義を守るアイコンとして、君が一番担ぎやすいんだ」

「トー教授、一つ問題があります。いくら、ピーターが打倒グレイスの偶像として適任でも、彼には、被選挙権がありません」

「ワタル、具体的には言えないんだが、そこは既に対策を講じている。それに、ピーターが出馬する場合、ジミーを支援していた国内の有力者が、ピーターを全面的にサポートする」

3

トー教授らが、ピーターの邸宅から引き上げると、渉は立っているのも辛いほど疲れてしまった。

「ピーター、申し訳ないけど、先に寝る」

部屋に戻りベッドに倒れ込むなり、眠りに落ちていた。

どれぐらい眠ったのか分からなかったが、不意に目が覚めた。人の気配がする。

「誰？」

秘密警察に拘束された時の恐怖が一気に噴き出した。

「シルバだ。脅かしたのであれば、お詫びする」

ベッドサイドのランプの明かりに、シルバの彫りの深い顔が浮かんだ。

「少しでいいから、何が起きたのかを教えて欲しい」

渉は記憶の限り詳細に状況を伝えた。

聞き終えたシルバは、「もしかしたら、私は君を見誤っていたのかも知れない」

といって、詫びた。

「日本の若者なんて、ヤワな奴らばかりだと思っていた。だが、君はラモンという
凶悪な男の前でも理性を失わなかった。それは、賞賛に値する」

「理性を失わなかったのではなく、あまりにも怖すぎて思考停止しただけです。怖
いと感じる余裕さえなかったんです」

「いや、君はとても勇気ある青年だよ。本当によく頑張った。だから、あとは我々

に任せてくれないか」

「おっしゃる意味が分かりません」

「君は一刻も早く、この国を出るべきだ。ピーターを連れて」

シルバとしては、そう考えるのも当然なんだろう。

「さっき、トー教授やパール大学の学生有志が、ピーターを訪ねてきました。ピーターに大統領選挙に出馬して欲しいと――私もピーターも、ここで闘いたいと思っています」

「ここは日本じゃないんだ。君がラモンとの約束を破れば、必ず殺されるよ」

「逃げたくありません」

「次は奴も本気になるぞ。何があってもおかしくない」

「じゃあ、隊長は、ピーターを説得できますか」

「君が日本に帰るなら、ピーターは君に付いていくと思う」

「失礼ながら、隊長はラモン長官と同じですね。与《くみ》しやすいとお考えになった私を利用しているにすぎない」

大きなため息が漏れた。

「では、どうあっても、君はこの国を離れないんだね」

「拷問されたくないですし、殺されたくもありません。でも、ここから逃げ出したくないんです」

　シルバが立ち上がった。

「夜分に失礼した。メコンを愛する国民として、心から君の無謀に礼を言う。ただ、君がやるべきなのは、自分と親友の命を大切にすることだと、もう一度だけ言っておきたい」

　シルバは部屋を出て行った。

4

　執拗《しつよう》に鳴る着信音に負けてカートライトは、電話に手を伸ばした。

〝ビル、今すぐ大統領府前に来てもらえますか〟

　ヒューの声が、いつになく切迫している。

「何事だ」

〝ラモンが、惨殺《ざんさつ》されて、中央広場に吊《つる》されています〟

　ラモン？　寝ぼけた頭の中でそれが誰なのか繋《つな》がった瞬間、カートライトは跳ね起きた。

「秘密警察のラモン長官が⁉」

〝そうです。私は、既に現場にいますが、メディアが集結しています〟

すぐさま一〇年落ちの日産フェアレディZに乗り込み、イグニッションを回した。本国以外では滅多にハンドルを握らないが、今日はそんなことを言ってられない。

一発でエンジンが始動した。運転手のトミーが、時々してくれていた手入れの賜《たまもの》だった。

午前四時一二分――。お陰で、道路はすいていた。

一〇分ほど疾走すると、前方に大統領府が見えてきた。明け方だというのに、もの凄い人だかりだ。

カートライトは、ギリギリまで近づいたところで車を停めて、ヒューを呼び出した。

〝そのまま広場中央の掲揚《けいよう》台に進んでください〟

大統領府前の広場にはロータリーがあり、国旗などを掲揚するポールが三本立っている。カートライトは、車を降りると早足でそこに向かった。どこもかしこもメディアだらけだ。途中からは人垣をかき分けて進んだ。

二本のポールの間にロープが張られ、死体が吊り下げられている。メディアが焚《た》いたライトを頼りに、秘密警察長官の制服を確認した。

ヒューが近づいてきて、双眼鏡を手渡した。間違いなくメコン秘密警察長官ロドリゴ・ラモンその人だった。

「遺体の足首に記されていました」

ヒューがスマートフォンを差し出すと、メコン語の文字を写した画像があった。

〝正義の鉄槌《てっつい》が下された！　メコンに安寧を！〟

たったそれだけの短い文句だが、その言葉の意味は重かった。

〝マスメディアの諸君！〟

大統領官邸内のスピーカーから声が響き渡った。

〝私は、メコン陸軍参謀本部特殊部隊長、ジャン・シルバだ。我々、メコンの未来を憂う軍人有志は、本日午前零時、メコンを私物化し、残虐の限りを尽くした秘密警察長官ロドリゴ・ラモンを粛清《しゅくせい》した。そして、一時間前、ラプチェット・ドミノ大統領を拘束し、大統領自らによる辞表を入手した。午前六時、大統領官邸プレスルームにて記者会見を開き、大統領拘束に至った経緯と、今後についてご説明する〟

クーデターか……。

「ヒュー、ひとまず、大使館に戻って、本国に現状を報告してくれ。俺は、もうしばらく情報収集をしてから、記者会見に出る」

ヒューは「了解」とだけ答えて、カートライトから離れた。

シルバは、何を考えている。

軍幹部のみならず現場の兵士からも慕われているシルバによるクーデターは、多くの軍関係者から支持を得られるかも知れない。ただ、曲がりなりにも民主化への道を辿《たど》ってきたメコンは、再び軍事政権国家に逆戻りしてしまう。

それを、シルバが望んだとは思えなかった。

さらに腑《ふ》に落ちないのは、ラモンをあれほどまでに残虐に殺害して晒《さら》しものにしたのに、彼のボスであり悪政の限りを尽くしたドミノを生かしている。

「おまえさんが、黒幕なのか」

声をかけられた方を向くと、ＢＢＣの特派員アルバート・イリスが睨《にら》んでいた。

「何の話だ」

「あんたが、シルバと急接近していたという情報を入手したんだ。それが事実かどうか、明朝、尋ねに行こうと思っていた矢先に、このクーデターだ。アメリカにメコンを奪われるのを阻止するために、こんな恥ずかしい方策しか思いつかなかったとはな」

「アル、ちょっと待ってくれ。この一件に、俺は何も関わっていない。それに、俺が黒幕なら、こんな寝起きの状態で、呆然とここに立ち尽くさず、一緒に官邸内でふんぞり返ってるだろ」

暫《しばら》く疑惑の眼差《まなざ》しを引っ込めなかったが、ようやく納得したようだ。

「だとしたら、これは何だ？」

「本気のクーデターだろ。俺こそ、聞きたいよ。シルバは、何を考えている？」

「シルバは、一時、オハラ上院議員殺害容疑で秘密警察に拘束されていたと聞いたが、これはその意趣返しという理解で正しいのか」

なるほど、確かにイリスのその考えは、単純明快ではある。しかし、カートライトの印象では、シルバがそんなケチな了見の持ち主とは思えなかった。

「あんたの情報源から、めぼしいネタは挙がってきてないのか」

「俺の情報源なんて、たかが知れてる。こんな時こそ、ＭＩ６《シックス》の出番だろ」

「悪いが、私はしがない一等書記官だ。シックスなんて輩《やから》との付き合いもない」

イリスは、鼻先で笑うと、別の取材相手を求めてどこかに行った。

確度の高い情報を得るためには、連絡する相手はたった一人しか思いつかなかった。

暫《しば》し躊躇《ためら》ったものの、カートライトはその人物、ジャン・シルバに電話した。

5

屋敷の中が騒がしくて、ピーターはベッドから出た。

廊下に出ると、護衛の兵士たちが、行き交っている。

「ドゥエイン、何事だ」

フル装備した幼なじみの格好を見て、良くないことが起きたのを悟った。

「ちょっと、来てくれ」

応接室に行くと、中年の将校が二人、待っていた。

「特殊部隊の小隊長、リー中佐と副官のアマン中尉だ」

二人はピーターを認めると、立ち上がって敬礼した。

「我が隊長シルバが、大統領府を制圧し、ドミノ大統領閣下の身柄を拘束し、辞表に署名させました」

眠気が吹っ飛んだ。

「つまり、クーデターを起こしたってことですか」

「いえ、粛清です。また、ラモン秘密警察長官も拘束し、軍法会議の後《のち》に、即刻処刑しました」

どう考えても、クーデターじゃないか。

「それで、どういうご用件ですか」

「あなたと、ご友人を厳重警護します」

意味が分からなかった。

「大統領の粛清と、僕らの厳重警護が、僕には繋がらないんですが」

「お二人が、狙われる可能性が高くなったんです」

「誰が、僕らを狙うんですか」

「それは、我々は聞いていません。ただ、お二人を守り、誰も邸内に入れるなと命じられ、只今着任いたしました」

そう言ってリー小隊長が敬礼すると、副官だけでなく、ドゥエインまでが敬礼している。

そこに、渉が護衛の兵士に連れられて姿を見せた。

「渉、シルバ隊長が、クーデターを起こした」

小隊長に、会話に割り込んで欲しくなかったので、日本語で伝えた。

「彼らは、粛清だと言っているんだけどね。それで、僕らの安全のために、厳重警護をするそうだ」

「オハラさん、お話し中、申し訳ないのだが、一刻を争います。お二人は、ここの地下にあるシェルターに移動願います」

「そこまでやる必要があるんですか」

「シルバ隊長の命令です。従ってください」

渉の様子がおかしかった。ピーターが状況を説明しても、上の空で、何度か同じ言葉を繰り返して、ようやく「素直に従おう」と答えた。

一体、どうなっているのか。

「では、付いてきてください」

リー小隊長を先頭に、一行は地下に下りた。湿った空気が漂う中を歩きながら、ピーターは戸惑《とまど》っていた。

シルバがクーデターを起こすなんて、あり得るのだろうか。

シルバが現大統領の政治に批判的なのは知っていたし、親友である父を支援する覚悟だったことも、帰国してから知った。ならば、亡き父が最も嫌悪する軍事力を行使してまで、政権打倒を考えるはずがない。

「シルバ隊長と電話で話したいんですが」

「それは暫く無理です、オハラさん。隊長は、現在大統領府で事態の収拾にあたっていますので。時間を見て、お話し出来るタイミングを探ります。暫くの間、ご辛抱ください」

リー小隊長に丁寧に断られると、それ以上は粘《ねば》れなかった。

「渉、大丈夫か」

「うん」

相変わらず思い詰めた表情が消えない。それどころか、さっきよりさらに険《けわ》しくなっているようにも思えた。

「体調が優れないなら言ってくれよ」

「うん、体調は大丈夫だ」

祖父の時代に造られたというシェルターは、美麗で居住性も良さそうだった。リビングに広い寝室が二室、さらに少し狭いベッドルームが二室あり、キッチンやトイレ、シャワールームまで完備している。

「そう長く窮屈な思いをさせないつもりです。なお、むさ苦しいですが、ミン中尉がこの部屋で警護にあたります」

それだけ言い残すと、小隊長と副官は階上に戻った。

「ドゥ、一体、何が起きたのか話してくれ」

「申し訳ないが、俺にもまったく情報が入ってこないんだ」

「冗談はよせ。おまえはシルバ小父《おじ》さんの腹心だろう。知らないはずがない」

「本当に知らないんだよ！」

その苛立《いらだ》ちの声は、本物のように思えた。

渉がテレビのスイッチを入れた。

ＢＢＣ国際放送の記者が、大統領府前からリポートしていた。

〝多くの民主化運動家を拘束し、死に至らしめたと噂されている秘密警察のロドリゴ・ラモン長官は、全身に無数の傷を負い、掲揚ポールに吊された遺体の下には大きな血だまりが出来ています〟

白髪頭の記者が、淡々と事実を伝えているが、彼の背後にラモン長官と思われる遺体が見えるため、ピーターは激しい恐怖を感じた。

シルバが、あんな残酷なことをしたんだろうか。

〝また、先程、大統領官邸内から、今回のクーデターの首謀者とみられる陸軍参謀本部特殊部隊のジャン・シルバ隊長が、メディアに対して午前六時に、この出来事について説明すると宣言しています〟

「ドゥエイン、ＢＢＣはクーデターだと言っているぞ」

こわばった顔つきでテレビ画面を見つめるドゥエインには、ピーターの声は届かないようだ。

「渉、君は何かを知っているのか」

涉の視線がテレビ画面から逸《そ》れた。

「シルバ隊長の行動は、俺のせいかも知れない」

6

間違いなく自分のせいだと、涉は思った。

あんな時刻に、なぜシルバが涉のベッドサイドにやってきたのか。不可解でならなかった。

その答えが、テレビが映し出した事件現場にある。

「涉のせいって、どういうこと？」

涉は観念して、ピーターに昨夜の一件を告げた。

「もし、俺がおまえを連れて日本に帰ると言っていたら、この事件は起きなかったと思う。だから、俺のせいだ」

「何をバカな。意味が分からないよ」

「シルバ隊長は、俺やピーターがこのままメコンに残って大統領選挙に関わるようなことがあれば、ラモンは黙っていないだろうと言った。つまり、俺らは殺される可能性があった。それを阻止するために、シルバ隊長がラモン長官を排除したんだ。もしかして、シルバ隊長は、おまえに大統領になって欲しいと思っているんじゃないのか」

「あり得ない！」

7

幾重にも張られたバリケードをかいくぐってカートライトは大統領府の裏門を通過した。

電話に出ることすら想定外だったが、シルバは〝ちょうど私も連絡しようと思っていたところだった。お待ちしています〟と返してきた。

ただし、条件があった。カートライト一人で来ること――。

それで、厳戒態勢の中、カートライトは大統領府内を、衛兵の先導で進んでいるのだ。

案内されたのは、窓のない一〇平方メートルほどの殺風景な部屋だった。中央にうす汚れたテーブルと椅子が二脚あるだけだ。

空調の効《き》きが悪く、じっと座っているだけなのに、首筋に汗が滲《にじ》んだ。

――これは、起死回生のチャンスかも知れないぞ、ビル。だから、どんなことをしてもアメリカを出し抜いて、シルバを我が陣に引っ張り込め。

衛星携帯電話の向こうで英国秘密情報部《SIS》長官ブライアン・ローズはそう言った。シルバが簡単に、誘いに乗るかは疑問だった。だが、大統領とアメリカ政府との接近をシルバが嫌った可能性が高い。

だからといって、イギリスに靡《なび》く保証はない。一番考えられるのは、ドミノ政権の腐敗を一掃し、まともな選挙が行われるまでの期間、暫定軍事政権を敷く可能性だ。

――政治体制なんてどうでもいいだろう。もし、シルバ将軍が、我が国の権益を保証するなら、カネでも軍事的支援でもしてやると約束してしまえ。

敗北が決定的だったゲームで、起死回生の逆転ゴールが決められるチャンスなのだ。自らの花道を飾るために、長官はいきなり鞭《むち》を入れてきた。

――資金的な面は、気にするな。とにかくシルバだ。シルバを引っ張り込め。

民主主義の盟主であるイギリスは、表向きは軍事政権を蛇蝎《だかつ》のごとく嫌う。ところが、EU脱退が決まってから、自国の政治経済が弱体化し、英連邦自体にも揺らぎが生じている現在、もはやきれい事を維持するという矜持《きょうじ》すら失っていた。

ノックもなくドアが開いて、シルバが入ってきた。

「未明にお呼び立てして、恐縮です。ご用の趣《おもむき》は、現在起きている状況を把握されたいという理解でよろしいか」

そうだと頷いた。

「私は、クーデターを起こしたわけではない。次期大統領選挙を民主的に行うための環境整備をしたに過ぎない」

「さすがにそういう理屈は立たないのではないですかねえ。あなたは、ラモンを惨殺し、民衆の面前に遺体を吊《つる》したんですよ。そのうえ、大統領府を占拠したんだ。こんな軍事行動をしておいて、大統領選挙を民主的に行うための環境整備なんぞと言っても、誰も信じませんよ」

「権力者に刃向かう者を問答無用で拉致《らち》、拷問し、惨殺したラモンを粛清するのは、民主的な選挙を行うために、第一に為《な》すべき環境整備だ」

シルバらしい屁理屈だが、それは先進国クラブには通用しない。

「相手がどれほどの悪人であっても、公正な裁判を行わずに処刑すれば、それは殺人ですよ」

「その責めは、大統領選挙後、私が一身に受ければ済む話だ。カートライトさん、申し訳ないが、今、道徳の議論をする時間はないんだ。私のお願いを聞いて戴けないだろうか」

　何かの思惑があるとは予想していたが、これほどストレートに切り出されてカートライトは驚いた。

「私で出来ることなら、喜んで」

「ぜひとも、公明正大な大統領選挙を行いたい。そのために、イギリスが主導して、本日到着予定の国連監視団が徹底した選挙監視を行うように、導いて戴きたい」

「お安いご用だ」

「そんな安請け合いは止めてもらおう。ドミノは、アメリカ政府との間で密約を結んで、アメリカが推《お》す候補が有利に選挙を闘える大統領令を打ち出した。我々は、それを元の選挙規定に戻したいと思っている。それをアメリカが指をくわえて見過ごすとは思えない」

「ラプチェットは、アメリカとどんな密約を結んだんだね」

　シルバの口はなかなか開かなかった。答えたくないことがあるのだろうか。

「シルバ隊長、あなたが真剣にこの国の民主化を願っていることは、理解しているつもりだ。それは我が国も大いに歓迎している。だから、可能な限り、あなたのサポートをしたい。しかし、そのためには腹を割ってくれないと」

「アメリカは、ドミノに一〇〇〇万ドルと奴と家族の安全を保証したそうだ。その交換条件として、奴自身かグレイス・オハラを指示することに加えて、軍幹部に、グレイスの大統領選支持を取り付けるように尽力すると約束した」

いかにもあの国がやりそうなことだ。

「グレイス・オハラは国民に人気があり、大統領としても悪くないと思うが」

「思ってもいないことを言わないで戴きたい。グレイスなんぞに政治が出来ないことは、私が一番知っている。彼女はアメリカの操り人形だ。彼女が大統領になっても、この国に民主化は訪れない」

すべてが断言だった。政治には疎《うと》かったんじゃないのか、シルバ。

「あなたは、アメリカが嫌いなのか」

「先進国はすべて好きではない。いずれにしても、メコンは独立国家なんだ。ドミノの私物ではないし、アメリカの属国のような扱いをされるいわれもない」

「イギリスの方が、まだましだということか」

「苦渋の選択だ。ジミーが、あんたを信じたのだ。その判断にかける。だから、アメリカの横暴を防ぐ策を講じて欲しい」

それは、難しいな。何しろ現アメリカ大統領は地球一の暴君だ。自国の利益が得られるなら手段は選ばない。いや、もっと言えばインスタントに結果が出る方を好む。

「ドミノは、無事なのか」

「あなたは知る必要がない」

ラモンが惨殺されたのだから、ドミノ大統領も死んでいるかも知れない。

「ドミノが生きているなら、彼がアメリカと結んだ密約について、謝罪会見させるべきだ。そうすれば、アメリカもおいそれと狼藉《ろうぜき》が働けなくなる」

「そのつもりだ」

「だが、顔に暴行の跡があれば、意味がないぞ」

「安心してくれ。私はラモンとは、違う。ラプチェットには指一本触れていない。奴は殺さない。新大統領が就任した後、公明正大な裁判を受けさせて、法律によって断罪する」

「そこまで考えていたのか⁉」

「午前六時、ドミノの謝罪会見を予定している。さらに、奴の口から、昨日発令した大統領選挙に関する大統領令を白紙撤回させる」

昨日、ドミノは、被選挙権について、それまでの二〇歳以上という規定を三〇歳以上五五歳未満と改正した。さらに、二週間後と決まっていた大統領選挙告示日を三日後に繰り上げたのだ。

ラモンを粛清し、ドミノ大統領に大統領選挙に関する大統領令を撤回させる——。

だが、それによって得られるものはなんだ。

「まさか。もしかしてピーターか」

「何の話だ」

「被選挙権を変更し、告示日を元通りにして、誰が得をするのかを考えたんだ。ピーター・オハラだ。彼はこれで出馬できる」

シルバが立ち上がった。

「話は、そこまでだ。必ず、約束を果たして欲しい。国連監視団が公明正大な選挙を遂行するための徹底的な行動を、あなたが主導する。私のお願いはそれだけだ」

「いや、シルバ隊長、待ってくれ。これは重大な話だ。あなたがピーターを次期大統領に推すつもりなら、提案したいことがある。我が国としては、ピーターを次期大統領候補として支援したいんだ」

「冗談はよせ。あんな世間知らずの小僧に、大統領が本当に務まると思っているのか」

なんだと！

「あんたらの魂胆は分かっている。ジミーの遺児であるピーターを擁立《ようりつ》して当選させて、傀儡《かいらい》政権として操縦したいんだろう」

絶対にそんなことはない！　とは言い切れないものの、カートライト自身は、メコンでまっとうな政治が実現して欲しいと思っている。

「貴国の首相の年齢はいくつだ」

「六〇歳は超えていたかな」

「それだけ人生経験を積んでも、ずっと迷走しているじゃないか」

「国家運営は年齢とは無縁だ。フランスの大統領は、三九歳で就任したじゃないか」

「それでも、ピーターの倍ほども年長だ。子どもの政治ごっこではないんだ。政治は、命がけの死闘だぞ」

「ならばシルバ、君自身が後見人になればいい」

「適当なことを言うな。そんなことをしたら、あんたら先進国は、またぞろ軍部による傀儡政権だと非難するだろう」

「では、何のために、あなたは人生を棒に振るような行動をとったんだ」

「民主主義とは、フェアなものだと聞く。私はこの国で、その公明正大な環境をつくり、国民が元首を選ぶのを見てみたい。それだけだ」

「アメリカは黙ってないぞ。下手をすれば、治安維持の名目で、派兵だってしかねない」

「だから、国連監視団の支援が必須なんだ。監視団が到着し、フェアな選挙が行われると分かれば、監視団には、大統領府を拠点に活動してもらう。我々は隣接する秘密警察本部に陣取り、監視団を警護する」

入念な計画の下、様々なフェイズを用意して、軍事行動に出たわけか。

「この後、グレイスにも話す。公平な選挙に協力出来ないというのであれば、国外退去してもらう」

話は以上だと言って、シルバは部屋を出て行った。

8

「大統領府の作戦本部に問い合わせをしたが、シルバ隊長は忙しすぎて話せない。まずは、午前六時から放送される会見を見るようにとおっしゃっている」

シェルターに戻ってきたドゥエインの言葉に、ピーターはまだ引き下がれないようだった。彼の気持ちは分かるが、今はもたついている場合ではない。

「ピーター、あと一五分で、午前六時なんだ。とにかく、会見を見よう」

渉はシルバの腹の内を必死で推測していた。トリガーを引いたのは自分だという思いは残っている。だが、このタイミングでのクーデターには何の意味があるのか。考えられる最大の理由は、グレイス・オハラ大統領誕生の阻止だろう。

「ピーター、シルバ隊長と母上とは、険悪な関係だったのか」

ピーターはテレビのスイッチを入れてから、渉を見た。

「別に。シルバ小父《おじ》さんの奥さんと母は仲がいいし、シルバ小父さんと母が喧嘩《けんか》をしているのも見たことがない」

「だとしたら、なぜ、シルバ隊長は、母上の大統領就任に反対なんだ?」

「シルバ小父さんは、そんなこと言ってないよ」

「よく考えてみろよ。このクーデターの最大の目的はそれだと思わないか。グレイスさん以外に有力候補がいないから、暫《しばら》くの間、軍事政権を執《と》るんだと考える方が辻褄《つじつま》が合う」

ピーターは暫《しば》し考え込んだ。

「なるほど……」

「おい、始まったぞ」

テレビ画面には、ドミノ大統領とシルバ隊長の二人が映っている。

「本日、午前三時一二分、我々メコンの未来を憂《うれ》う軍人有志は、専横と権力の私物化を続けるラプチェット・ドミノ大統領に対して辞任を求め、大統領は受諾した」

メコン語を通訳するピーターの声が震えている。

「大統領、我々が辞任を迫った理由について、お話しください」

シルバの厳しい口調に押されるように、ドミノはのろのろとマイクに向かった。

「私が、大統領辞任に至った理由は、次期大統領選でグレイス・オハラが有利になるサポートをすれば、相応の礼金と私と家族の安全を保証されたからだ」

「それで、礼金の額は？」

「一〇〇〇万ドルだ」

日本円で一〇億円以上になる。

「ふざけやがって、こいつは今すぐ処刑すべきだ！」

ドゥエインは怒りのあまり立ち上がっている。

「国民の皆さん、本当に申し訳ないことをした。心からお詫びする。私は、今後、大統領選挙に一切関与しないし、先の大統領令を白紙撤回する」

ドミノは起立すると、神妙に頭《こうべ》を垂れた。

「大統領には今後、メコン共和国検察庁で、いくつかの不正に関して取り調べを受けて戴く。

また、大統領令第七一二号の破棄によって、大統領選挙の被選挙権は従来通り二〇歳以上の男女、そして、選挙の告示は二週間後から、二〇日間の日程で行われる」

シルバ隊長は、軍事政権を敷くつもりはないらしい……ということは、まさか——。

「なお、我々は本日、国連の選挙監視団をこの大統領府に迎える。そして、選挙監視団本部を大統領府内に設置する。その後、我々は警護隊員を除き、隣接する秘密警察本部に作戦本部を移し、選挙期間中、不正や軍事行動等が発生しないように、また、監視団の活動が妨害されないよう監視・警護する」

発表は以上とシルバが告げると、一斉にメディアが挙手した。

「今日の未明に起きたことは、シルバ隊長を首謀者とする軍事クーデターですよね？」

「それは、誤りだ。我々は軍事クーデターを起こしていないし、私が軍事政権を敷くつもりもない」

「では、誰がこの国の元首となるんですか」

「来るべき大統領選挙で、国民に選ばれる新大統領だ」

「空白期間の政権運営については？」

「それについては、タン副大統領に代行して戴く。既にタン副大統領も了承されている」

　会見はそこで終了した。

「これは、一体、どういうことだ。シルバ隊長は何をなさろうとしているんだ」

　ドゥエインの疑問は、多くの国民の疑問だろう。だが、渉には納得できた。いや、ずっと感じていた違和感が解消したと言ってもよかった。

「シルバ隊長は命がけで、この国の民主化の動きを推し進めたいんだと思う」

「ワタル、おまえの考えが分からない。クーデターなど起こさなくても、ピーターの母さんが、新大統領に選ばれるはずだったんだ。十分、民主化だろ」

「それは違うんだ、ドゥ。母さんは、ドミノ大統領と密約を交わして闘わずして大統領の座を手に入れようとした。それを民主主義とは呼ばない」

　そうだ。グレイスはアメリカによるメコン統治のお先棒を担いでいたことが、この会見で明らかになった。

　これで、彼女の人気は急落するだろう。

「俺は、おまえの母さんが大統領でいいぞ。あの人は、上流階級の出身だし、何よりオハラ上院議員と共に、この国の民主化運動の先頭に立ってきた人じゃないか」

「以前はそうだったかも知れない。けど、アメリカに渡って、母は、メコンを棄《す》てた」

「だったら、どうして亡き夫の弔《とむら》い合戦とばかりに出馬しようとしているんだ⁉」

ピーターが黙り込んでしまった。

「親子だろ。なのに、そんな大事なことが、分からないのか？」

「長い間、ピーターの家族は、バラバラに暮らしていたんだ。日々の心の変化は分からなくて当然じゃないか」

「渉、ドゥの疑問は当然だ。僕らがおかしいだけだ。いずれにしても、母はアメリカの傀儡として、この国を売ったんだ」

幼なじみの苦悩が分かったのか、ドゥエインはそれ以上は何も言わずに部屋を出ていった。

「ピーター、もう逃げるわけにはいかないぞ」

「何の話をしているんだ」

「被選挙権が元に戻ったんだ、今や君にも立候補の権利がある。さらに、告示までまだ二週間ある」

「何をふざけたことを言ってるんだ。二二歳の若輩者に、一国の大統領が務まると思うか」

「シルバ隊長は、即刻日本に帰れと言った。だが、僕らはそれを拒否した。この国がダメになっていくのを見過ごせない。そのためには立ち上がらなければならないと、偉そうなことも言った」

「確かに。でも、あの時、僕には被選挙権がなかったんだ」

「だから、その権利を与えてくれたんだろ」

「僕のために、クーデターまがいのことをし、母とアメリカの企みを暴《あば》いたというのか」

「シルバ隊長は、君に大統領の座を与えたわけではない。闘うチャンスをくれただけだ。それに挑むことなく、安全な場所から主張するか、あるいは闘いに挑むかは、君次第だ」

突然、大きな爆発音がした。

いきなりドゥエインが、部屋に飛び込んできた。彼の後から、大勢の兵士も続く。

「正体不明の一団から攻撃を受けている。ここから動かないでほしい」

「攻撃って？」

「わからない。とにかく階上ではあちこちで爆破がおきている」

「逃げよう。外に通じる地下通路があるんだよ。そこから脱出しよう」

ピーターが暖炉《だんろ》のレンガを押すと、壁の一部が開いた。

「すげえ、秘密の抜け道か‼　映画みたいだな」

ドゥエインが無邪気に喜んでいる。

「敵に心当たりは？」

冷静になったピーターが、尋ねた。

「分からないが、一〇人以上はいそうだ」とドゥエインが話す最中に再び轟音《ごうおん》が響いた。

何かが崩れ落ちる音がした時、リー中佐が部屋に入ってきた。

「二階が焼け落ちた。直ちに避難してください。ミン中尉、君が先導したまえ」

その時、恐ろしいほどの地鳴りがした。

9

シェルターから続くトンネルは、異臭がたち込めていて、ピーターは何度もえずいた。

「これは、どこに繋《つな》がっているんだ」

先頭を早足で歩くドゥエインが尋ねた。

「裏の敷地にある守衛室と倉庫だ」

「母の親戚が経営する会社が所有している。今でも、穀物倉庫として利用している」

「倉庫って？」

「あの、大きなヒマワリの看板がある倉庫か。昔、よく遊んだ場所だな。そんなところに繋がっているということは、倉庫に何か特別な備えがあるのか」

「逃走用の装甲車《そうこうしゃ》と武器があったよ。でも、僕もこの通路を使うのは一〇年ぶりだから、今どうなっているのかは分からない」

「凄いな。日本では考えられないスケールのセキュリティだな」

渉は呆れているが、ピーターの母方の実家は、メコン屈指の大富豪なのだ。徹底した危機回避措置が取られていても不思議ではなかった。

再び轟音が聞こえてきた。

「リー中佐が、地下シェルターを破壊したんだ。これで襲撃者は俺らを追ってこられなくなる」

ドゥエインは時折、無線でリー中佐と連絡を取り合っている。

「さすがに過剰防衛じゃないか」

「相手は軍と同等の装備をした集団だそうだ。既に、警護隊員が四人やられているんだ。敵は、全員を抹殺《まっさつ》する気だ、とリー中佐は言っている」

「ドゥ、奴らが軍人ではないと断定出来る理由はなんだ」

「知るか、そんなこと。俺は、リー中佐が伝えてくる事実を言ってるだけだ。そもそも仲間を平気で殺すような奴は、軍にはいない」

「正規軍ではない武装集団なんて、この国にいるのか、ピーター」

「一つ考えられるとしたら、秘密警察かな」

「秘密警察の残党が、なぜ君を狙うんだ？」

確かに渉の言う通りだ。

「ドゥ、武装集団のターゲットは、誰なんだ？」

「おまえに決まってるだろ」

一〇分ほど歩いただろうか。通路が行き止まりになった。

突き当たりは壁で、左右にも扉らしきものはなかった。ピーターは、記憶を頼りに懐中電灯で左側の壁を照らした。

地面との境界あたりに小さなくぼみがあった。そこをつま先で強く押した。

鈍い音がして壁の一部が動いて、扉が現れた。

「その向こうに、階段がある」

ドゥエインが扉を押すと、狭い通路の先に階段が見えた。

10

階段を上りドアを開けた。埃《ほこり》とカビの臭いで思わずむせた。その瞬間、強烈なライトを当てられた。

「ピーター、大丈夫だったか」

やけに馴《な》れ馴れしい声がしたかと思うと、スーツ姿の長身の男が現れた。

想定外の人物が、そこにいた。

なんで、アメリカ人がいるんだ？

「スミスさん？」

「どうして、ここに？」

「オハラ邸が武装集団に襲われるという情報を察知してね。それで、君のお母様に頼まれて、救出部隊を組織したんですよ」

「母が、僕を助けるように、あなたにお願いしたんですか」

「そうですよ。本当は、一緒に行くと何度もおっしゃったんですが、自重してもらいました。既に、ご自宅はほぼ全焼しました。ひとまずは、我々の大使館まで」

「それは、丁重にお断りします」

ピーターは即答して、出口に向かった。

「外は、まだ危険だ。ここは冷静になって、安全を優先してくれないか、ピーター」

「ピーターは、我々が守る」

ドゥエインが、スミスに近づいた。

「君らに何が出来るんだね。この倉庫にある装甲車はタイヤがパンクしているよ。大統領候補のご子息に怪我《けが》でもさせたら、君の首が飛ぶだけではすまないよ。ピーター、グレイスが大統領選挙について、大至急君と話したがっている。それは、君も同じだろう」

ピーターは、寄り添うように立っていた渉に目で問うた。

「この状況だし、とりあえずはスミスさんの勧めに乗ってもいいんじゃないか。君も、そろそろお母さんとちゃんと話すべきだし」

渉が、日本語で囁いた。

「分かりました。但し、渉も一緒で。それが条件です」

スミスは、肩をすくめて頷いた。

ドゥエインも続こうとしたが、スミスの随行員が立ちはだかった。

「邪魔するな。私は、命に代えてもピーターを守るように、命じられている」

「悪いが、遠慮してくれたまえ。オハラ邸の攻撃には、軍の幹部が関与している可能性が高い。信用しないわけではないが、メコン軍の方とピーターを同じ車に乗せるわけにはいかない」

スミスは、嫌みっぽい口調で突き放した。

「ドゥ、ゴメン、渉と二人で行くよ。すぐに戻ってくるから」

ピーターはそう言いながら、宥《なだ》めるようにドゥエインの肩を抱いて、小声で囁《ささや》いた。

「奴らの出方を見たいんだ。だから、ここは穏やかにいこう。いつでも僕らが米国大使館から抜け出せるように、大使館前で待機してくれ」

ドゥエインは、まだ何か言いたげだった。それでも、何とか呑み込んでくれた。

そして、手にしていた衛星携帯電話を託した。

11

大使館に到着すると、ピーターは一人で母に会いに行った。

その間、渉はシャワーを勧められ、素直に従った。

さっぱりして居室に戻ると、ベッドの上に着替えが揃《そろ》えられている。ありがたく袖《そで》を通して、冷蔵庫にオレンジジュースを見つけたところで、ノックがあった。

ドアスコープで外を見ると、女性が立っている。

「米国大使館のサラ・ドイルと言います。少しお話ししたいことがあります」

疲労困憊《ひろうこんぱい》で後にして欲しいところだが、ピーターと取り決めたことがあったので、渉はドアを開けた。

渉とさして年齢の変わらないブロンドの女性が室内に入ってきた。

彼女が差し出した名刺には、駐メコン米国大使館二等書記官とある。

「メコンの治安は今や最悪です。そこで安全のためにも、大統領選挙が終わるまで、イヌカイさんとピーターさんのお二人で、日本に避難していただけないでしょうか」

「それは、命令ですか」

「あくまでも勧告です。我が国が支援しているグレイス・オハラ女史の大切な方をお守りしたいだけです」

こういう白々しいウソを、親切ごかしで話せるのが、エリートなのだろうか。

「ピーターにも話したんですか？」

「いえ。でもピーターさんは、私たちより、イヌカイさんの意見に従うのではないかと考えておりまして」

「あなた方はピーターを体よく追い出したいんでしょうが、ピーターは、自分の意思を曲げませんよ」

「そんな。あくまでも、ピーターさんの身を心配してのことです。もちろん、あなたも」

「ピーターがいた方が、有利に選挙を闘えるんではないんですか」

「まあ、そうなんですけど、彼はお母様が大統領選挙に出馬するのがお嫌なようなので」

「ピーターが、実の母親の選挙の応援をしたくないと、アメリカとしては、考えているんですね」

「ねえイヌカイさん、ちょっと冷静になりましょう。私たちは、メコンの大統領選挙に何ら関与していない。あのシルバとかいう隊長が我が国を非難しているのは、彼が反米主義の権化《ごんげ》だから。我々は、彼のバックに中国がいると考えている」

「我々って誰を指すんですか」

「話している途中に割り込まないで。グレイスは、選挙で正々堂々と闘って大統領になります。だからこそ、ピーターさんやイヌカイさんの身の安全が心配なのよ」

12

服を着替えてはとスミスが提案したが、「長居をするつもりはないので、遠慮しておきます」とピーターは突き放した。

「そんな格好で会ったら、お母様が心配されるから」

「スミスさん、格好ぐらい大した問題じゃありません。それ以上に深刻な問題で、僕は母を心配させていると思うので」

わざとらしく肩をすくめて、スミスは部屋を出て行った。

渉から、無駄に反抗するなと言われていたのに、いきなり相手の提案を拒絶したのはまずかったかも知れない。

ミネラルウォーターを飲んでいると、いきなりドアが開いて、母が現れた。

「あなた、なんて酷い格好してるの」

そう言いながら母は躊躇《ちゅうちょ》なく駆け寄って、息子を力一杯抱きしめた。

ピーターの方から、離れた。

「ごめん、きれいな服を汚してしまったね」

「気にしないで。それより、本当に無事で良かった」

母に手を引かれて、並んでソファに腰を下ろした。

「ドミノ大統領のメッセージをテレビで見た？」

「うん」

「あれは全部ウソですからね。アメリカが、あんなバカげた約束をするはずがない」

「ねえ、母さん、僕らはここにいてはいけないと思わない？」

「どういう意味？」

「父さんを暗殺するような国に、僕らはいるべきじゃないと思うんだ」

「本気で言っているの？」

「もちろん。僕は命を狙われたんだよ。もう、ウンザリだよ」

母に肩を抱かれた。

「そうよね、ピーター。確かにウンザリ。だから、あなたとワタル君が先に脱出したらいい。私はライアンたちに、出馬の辞退を説得する必要があるから、もう少し時間がかかるの」

がっかりした。

これ以上、母と話しても無駄だ。

母はもう一度、息子を強く抱擁した。

その時、ピーターは耐えられなくなって、母の耳元で囁いた。

「母さん、香水を替えたんだね」

第七章　決　断

それ（独裁主義）を打ち破る方法は、ただ一つある。それは、国民のみんなが政治的に賢明になることである。人に言われて、その通りに動くのではなく、自分の判断で、正しいものと正しくないものとをかみ分けることができるようになることである。

『文部省著作教科書　民主主義』より

1

カートライトは、シルバが陣取る大統領執務室でその一報を、待ち焦《こ》がれていた。ようやく連絡が来たのは、日付が変わる直前だった。

〝ミン中尉です。たった今、ピーターとワタルを乗せた車輌《しゃりょう》が、米国大使館を出ました。予定通り、パールホテルに向かうそうです〟

スミスの救助で、アメリカ大使館へ移動している車内から、ワタル・イヌカイがカートライトに電話をしてきた。

他聞を気にしてのことだろうが、ワタルは日本語で話し始めた。日本語は分からないが、ワタルだとは分かったので、カートライトは意味が分からないまま、録音した。そして、日本語の分かるスタッフに翻訳してもらった。
ワタルは、〝米国大使館を訪問した後、父さんのいるパールホテルを、ピーター
と二人で訪ねるから〟と伝えていた。
そこで、パールホテルに、「犬養威史《たけふみ》」の名前で部屋を予約したのだ。
「了解した。すぐに手配する。無理せずに、尾行せよ」
シルバが応答した。
カートライトは、ソファから立ち上がった。
大統領府からパールホテルは、目と鼻の先だ。カートライトは、護衛も断って、
一人薄明かりが点《とも》る路地を歩き出した。
あの二人の若者は、アメリカ相手に、スパイごっこをしている。
CIAには間抜けが多いとはいえ、相手はプロだ。しかも、必要とあれば、殺人
も辞さない。そんな相手を手玉に取ろうなんて……。
それはともかく、アメリカを毛嫌いしている二人が、イギリスを頼りにしている
ことに驚いている。
ピーターは、子どもの頃から交流はあるし、大統領選に出馬する父を、イギリス
が支援していたのは知っているだろう。

だが、メコン共和国の長い歴史の中で、イギリスが行ってきた悪行の数々は、記録から抹消したいことだらけなのも知っているだろう。

今回の大統領選挙でも、ジミー・オハラの支援の決め手となったのは、莫大《ばくだい》な富をもたらすであろう稀少燃料資源が、切り札だった。

俺たちは、いつまでかつての植民地を食い物にし続けるんだ。罪の意識というよりも、職業人生の多くを過ごしたメコンへの愛着が、カートライトの中で、大きく育っていた。

ジミーが大統領になれば、イギリスは手酷《てひど》い仕打ちを受ける。だが、それこそが、メコンが真の独立国になる日だ。そのために、祖国を裏切ってでも、ジミーを支援するつもりだった。

それが、暗殺という最悪の事態を招いたうえで、強欲なアメリカの手に、メコンが墜《お》ちるのを阻止できない状況に追い詰められている。

その状況で、彼らはイギリスに頼ろうとすることに戸惑っていた。

いずれにしても、若者たちのスパイごっこを止めなければ。そして、速やかに日本に帰そう。

パールホテルに到着したカートライトは、用心のために、通用口と従業員用のエレベーターで最上階に向かった。

かなりガタのきた大箱のエレベーターで、最上階に到着すると、カートライトは、エンペラー・スイートのチャイムを鳴らした。

ドアを開いたのは、ワタルだった。

すっかり疲れ果てているかと想像していたが、二人は元気そうだ。

「何か飲まれますか」

「水でいいよ」

カートライトがソファに腰を下ろしたところで、ピーターが話し始めた。

「一緒にアメリカに帰ろうと母に持ちかけてみました。僕を心配しているように見せていますが、違います。大統領になるつもりです。父と僕の夢のためだと言っていますが、そうではない誰かのためだと思います。それと、スミスさんからは、一刻も早く二人して日本に帰るようにと言われました」

「で、君らはどうするんだね？」

「メコンに残って、闘います」

ピーターが断言し、ワタルが頷《うなず》いた。

「闘うって、どうやって？」

「大統領選挙に、出馬しようと思います」

願ってもない宣言だった。だが、あまりにも軽々しい決断じゃないか。

「生徒会長に、立候補するんじゃないぞ」

「無謀なことを言っている自覚はあります。でも、このままグレイス・オハラを大統領にするわけにはいきません」

「カートライトさん、今のピーターは、何も出来ないかも知れません。でも、グレイスさんよりは、真剣にメコンの未来の事を考えていますし、政治の仕組みの基礎も理解しています。それに、一昨日、トー教授ら有志からも、全面的なサポートをするからと、出馬を要請されました。大学を中心とした全面サポートで、応援してくれるそうです」

そんな噂は聞いていたが、事実だったのか。

「ピーターは、メコンの民主化の象徴的存在でいいと考えています。未来を託す若者を、今まで雌伏《しふく》しメコンの真の独立を望んでいたすべての人が担ぐ――。そのシンボルとしては、ピーターが最適だと思いませんか」

「ビルおじさん、そのためには、イギリスも必要なんです。どうか、僕を一緒に担いでもらえませんか」

ピーターがそう言って、深く頭を下げた。

2

カートライトは、ピーターとワタルを、密かにパールホテルから脱出させて、大統領府へ連れて行った。

アメリカが敵だとしたら、ピーターとミンの通話も、盗聴されている可能性がある。大統領府なら、どこよりも安全だ。

二人を、シルバに預けたところで、秘密警察長官のラモンの、執務室の家宅捜索を行っていたメコン軍情報部のマルコスから、連絡が入った。

〝見て欲しいものがある〟という。

「ラモンのコンピューターに隠しフォルダを見つけた。その中に上院議員暗殺実行犯の行動確認記録があった」

カートライトが執務室に行くと、マルコスが興奮して言った。

「この写真の左が、暗殺犯の一人レ・コン・フォン中尉です。右は、この記録では米国情報部員とあります」

「もっと拡大してくれ」

カートライトは興奮を抑えて指示した。

写真は粗《あら》くなったが、顔はなんとか判別出来た。

「女か」

マルコスが意外そうに声を上げた。だが、カートライトは、その女に見覚えがあった。

「米国大使館の二等書記官だ」

マルコスが口笛を吹いた。

「これは、フォン中尉の携帯電話の通話記録です。その中に、もう一人の実行犯であるダン・ミン曹長との会話があります。そこで、本当にアメリカは、自分たちを守ってくれるのかと曹長が不安をぶつけ、それをフォン中尉が宥《なだ》めています」

再生ボタンを押すと、ミン曹長が「アメリカは信用できない。絶対に約束を守ってくれる保証をもらいましょう」と進言しているのに対して、フォン中尉が「バカ言うな」と怒鳴っている。

さらに、フォン中尉は、犯行前にグアム便のチケットを、家族を含めた四人分手に入れていたことも判明した。

実際、フォン中尉を除く家族三人は、グアムに脱出していた。

＊

〝対象が今、自宅を出ました。大きなスーツケースを二つ抱えて、黒塗りのSUV車に乗り込みました〟

午前五時、米国大使館職員官舎に張り込んでいたヒューから、報告が入った。

彼らが対象と呼んでいるのは、米国大使館二等書記官のサラ・ドイルだ。

ドイルがジミー暗殺に関与していることが判明し、すぐに彼女の所在を割り出した。さらに、明朝一番のシンガポール便に搭乗《とうじょう》することが分かった。

カートライトとマルコスは、空港内のイミグレーションゲートで待ち構えていた。

「暗殺から二週間も経つのに、まだメコンにとどまっていたとはな。外国人に国外退去命令が出た時に、大勢のアメリカ人に紛《まぎ》れてメコンを離れるべきなのに」

嫌な予感がする。

カートライトのスマートフォンが、メールを受信した。連絡担当参事官からだ。CIAとの連絡係を務めている参事官に、〝何でもいいから、サラ・ドイルの情報をくれ！〟とせっついたのだ。

ドイルの略歴が添付されていた。

「なんてこった！」

サラ・ドイルは、海兵隊屈指の狙撃手で、一年前にＣＩＡに転籍したばかりだった。特殊任務を専門に行っていた。特殊任務とは、暗殺などの違法行為を指す。

「ドイルが、ジミーを暗殺した張本人だ」

カートライトは、ヒューを呼び出した。彼はドイルにぴったり張り付いている。

「今、どこだ？」

〝それが、変なんです。空港ではなく、市街地に向かっています〟

つまり、逆方向に移動中ということか。

その時、カートライトの脳が、ようやく仕事をした。

「ヒュー、ドイルの車を止められるか」

〝やってみます〟

「くれぐれも、無茶はするなよ。相手は、プロのスナイパーだ」

ヒューの鼻息が漏《も》れた。

〝ロンドンで、もっとまじめに射撃訓練をすべきでした〟

「銃なんて使うな。メコンの秘密警察を前に押し出して、彼らにやらせるんだ」

それよりも、ピーターが危ない。カートライトとマルコスは滑走路に駐車していたパトカーに乗り込んだ。

ジミーを暗殺した狙撃手なのに、ドイルは居残った。

理由は、一つしかない。まだ仕事があったのだ。

そして、ピーター暗殺指令が出た――。

カートライトはシルバに電話して、ドイルの正体を伝えた。

「アメリカは、ピーターはパールホテルにいると思っているはずだ。だが、念のために大統領府の警護も強化してくれ」

マルコスが、無線相手に何か怒鳴っている。

「市街地の入口で銃撃戦があって、車一台が炎上中だ」

すぐにヒューを呼び出した。だが、電話の呼び出し音すらしない。

「ホテルまで、あと何分だ？」

「二〇分」

それだと、ドイルが先に到着してしまう。

「マルコス！　死ぬ気で飛ばせ！」

暗闇の中、サイレンを鳴らしてパトカーが疾走《しっそう》する。

突然、前方で、火柱が上がった。

「なんだ⁉」

炎に包まれたパールホテルが見えた。

3

爆発音で、渉は跳ね起きた。

「渉！　近くで、爆発があったみたいだ」

二人がいる大統領府の迎賓館《げいひんかん》から、パールホテルが炎上しているのが見えた。

「ピーター、あれって、きっと爆破だよな」

誰かがドアを激しく叩いた。

「警護隊のリー中佐です」

渉がドアスコープを覗《のぞ》くと、リー中佐の背後に人がいる。アメリカ大使館のサラ・ドイルだった。

彼女がどうして？――、怪しい――。

「今、シャワーを浴びたばかりで、着替え中です。ちょっと待ってください」

そう言ってから、渉は、ピーターに目で合図して、バルコニーに出た。

二人で非常梯子《ばしご》を下ろして、地上に下りた。

壁沿いを走り、渉が建物の角を曲がろうとした時、足下の地面が、鋭く爆《は》ぜた。

「ピーター、走れ！　止まっちゃダメだ」

必死で狙撃から逃れた二人は、警護隊に救助され、大統領執務室に連れて行かれた。

シルバとカートライト、そして、懐かしい顔が無事を喜んでくれた。アンドレ・チャンス。父の幼なじみで、有能な右腕だった。

「無事で良かった。本当に会いたかった」

アンドレの温かい声に、涙がこみ上げてきた。

アンドレは世界中の要人に会って支援を取りつけていた時に、父の暗殺を知った。

その後は、身の安全のために、帰国を控えていたのだ。

父とシルバ、アンドレはメコンの独立を願う同志だった。

「よく逃げ切ってくれた。万全の体制で、君らを守るはずだったのに、こんな事態を招いて、申し訳ない」

シルバが、頭を下げた。

「シルバ小父《おじ》さん、誰もあんな襲撃なんて、予想できなかったと思います。でも……」

まさか、銃で狙われるなんて。恐怖が、甦《よみがえ》ってきた。

渉の機転のお陰で、逃げ延びたが、死の恐怖というものを、初めて味わった。

「僕らを狙ったのは、ドイルさんですか」

「ワタル、なぜ、ドイルを知っているんだ？」

驚いているカートライトに渉が、アメリカ大使館で会ったことを説明した。

「普通の大使館員にしか見えなかったんですよ。でも、ドアスコープ越しに見た彼女は別人のようでした」

カートライトによると、ドイルは、元海兵隊の狙撃兵だったらしい。

「シルバ小父さん、でも、なぜ、あんな強引に僕らは狙われたんですか」

応じたのは、カートライトだった。

「半年前に、国境付近の山中から、稀少燃料資源が発見されたという情報を、ジミーは入手したんだ。自然界にはほぼ存在しないと考えられている物質で、つまり巨万の富をもたらす」

半年前なら、父が日本に来た時には既に判明していたことになる。だが、あの時、父は何も言わなかった。

「この情報が、英米に伝わった瞬間、両国はメコンの大統領選挙に前のめりになった」

「稀少燃料資源の採掘権を独占するためですか」

結局、先進国にとって、メコンは常においしいお宝の草刈り場でしかないのだ。だが、

「ジミーは、シルバ隊長やアンドレ・チャンスにも採掘地を教えていない。

君は聞かされているはずだと、シルバ隊長は言うんだ」

「いえ、知りませんよ」

「ジミーと、日本で会っただろう。あの時に、君に伝えたと聞いているらしいぞ」

「そんな話は出ませんでした。僕は稀少燃料資源が発見されたことすら知りません。アンドレ小父さんは、何か聞いてないんですか」

あの時、アンドレ小父も、父に同行して日本に来ていた。

「私も、つい先ほど、この話を聞いたばかりなんだ。ピーター、本当に、何も聞いてないのか」

「ごめんなさい。まったく心当たりがありません。あの日、父とは、もっぱら日本での学生生活についてばかり話していました。渉も一緒だったけど、何か覚えている？」

「僕が夕食をご一緒した時には、そんな話は出なかった。シルバ隊長、本当にオハラ上院議員は、ピーターに稀少燃料資源が発見された場所について、伝えたんでしょうか」

「一月前《ひとつき》、私は、公用をつくってウィーンで密かにジミーと会い、大統領選の最終確認をした。その時に、安全を期して、稀少燃料資源の情報は、ピーターに託したと言われたんだ」

じゃあ、なぜ、僕にはその自覚がないんだろうか……。

「そもそもオハラ上院議員に、この情報をもたらした人は、今どこにいらっしゃるんです？」

「ワタル、残念ながら、既に亡くなっている。色々手を尽くしたが、関係者が皆、見事に行方不明なんだ」

「それで、稀少燃料資源って、何が採れるんです？」

渉が尋ねて初めて、ピーターも知らなかったことに気づいた。

「トリチウムだ」

「それって、震災で日本の原発が事故を起こした時に、騒がれたものですか。確か、汚染水の中で唯一処理できない放射性物質では」

「さすがワタルはよく知ってるね。これは三重水素とも呼ばれている。水素の同位体だが、質量数が陽子1しかない水素と違って、陽子1中性子2で質量数が3ある」

カートライトに説明されても、ピーターにはぴんと来ない。水素の同位体なんてのが、何でそんなに貴重なんだ。

「未来のエネルギーと言われている核融合には不可欠の物質で、地球上には、ほとんど存在していないからだ」

「ちなみに巨万の富ってどれくらいですか？」

「一グラム三万ドルは下らない。そして水素爆弾や中性子爆弾の原料になる」

だからアメリカは必死なのか。

「すごいお宝ってことですね。だとしたら、その在処《ありか》のキーマンかも知れないピーターを、どうして殺そうとするんです？」

涉の疑問は、全員の疑問でもあった。

第八章　希　望

民主主義は人々の心の中で作られる。それを求め、それを愛し、それを生活の中に実現して行こうとする人々の胸の中こそ、民主主義のほんとうの住み処である。

『文部省著作教科書　民主主義』より

1

メコン共和国の首都パールには時折、亜熱帯らしからぬ心地良い涼風が吹く。地元の人々からは、「ヒマラヤの神の御越《おこ》し」と呼ばれる。つまり、メコンが僅《わず》かに接しているヒマラヤ山脈の神が、人里へ御渡りになる時に風が吹き、吉祥《きっしょう》を運ぶと考えられている。

メコンの未来を担《にな》う大統領選挙告示日の朝、大統領府前の広場に、ヒマラヤの神の御越しが吹いた。

出馬表明演説を前に、ピーターは何度も深呼吸した。

この場に、渉《わたる》はいない。

彼はグレイスの出馬表明演説が行われる街一番の繁華街であるマーケットサークルに出向いている。

君一人で立ち向かえ！

前夜、寝つけずに二人で飲んだ時、不意に真顔になった渉に言われた言葉だった。

広場には、三〇分前に到着していた。防弾ガラスを嵌《は》めたワンボックスカーで待機している間にも、サポーターやメディア関係者が会いに来て、なかなか落ち着かない。その間、選挙参謀に就任したアンドレ・チャンスがずっとそばに付いていた。

残り一〇分を切った頃、「ちょっと、外に出てきます」と言うと、助手席にいたドゥエインがすぐに安全確認してくれた。

車外は、特殊部隊員が囲んでいる。

ドイルの行方《ゆくえ》が未だ知れない状況では、今後も命を狙われる可能性は充分にあるとシルバ自らが厳命した厳重警護だった。

「結局、シルバ小父《おじ》さんは、顔を見せてくれなかったな。小父さんに晴れ舞台を見て欲しかった」

「遠く離れていても隊長は、いつもおまえに寄り添っておられる。安心しろ。P、おまえの晴れ舞台は、大統領就任演説だ。ここじゃない」

親しみを込めた懐かしい呼び名に、ピーターは思わず笑ってしまった。

充分な準備期間もなく出馬するピーターの支持率は、時々刻々《じじこくこく》と上昇しているが、それでも母には及ばない。アメリカの傀儡《かいらい》だと暴露された今も、彼女の人気は衰えなかった。難しい話よりも、雰囲気の良さが、群衆の心を摑《つか》むようだ。それに、メコン人にとってアメリカは憧れの国である。その国から愛されるグレイスもまた憧れの対象なのだ。

大統領府前の広場にあるステージの背後に、なだらかな丘がある。非常時には大統領府を守る防壁になる。ピーターはその緩やかな斜面を上った。

ガジュマルの木がのびやかに枝葉を茂らせている。

「なあドゥ、僕が大統領なんて、笑っちゃうよな」

「それが、そうでもない。おまえは、俺たちの希望だ」

「俺たちって、誰のことだ？」

「この一月《ひとつき》ほどの間に、メコンで起こったことは、何もかもが信じられないことばかりだ。そこに巻き込まれてはじめて、もしかしたらメコンは、俺たちの努力次第で、住みやすい国になれるんじゃないかと考えるようになった。それに、おまえに希望を感じているのは、何も俺だけじゃない。警護官全員が、おまえのために命を擲《なげう》つつもりでいる。おまえは、もう一人のひ弱な優等生のPじゃない。俺たちの希望ピーター・オハラなんだ」

「ドゥ、おまえ、いい奴だな」

「なんだ今頃知ったのか。P、爺《じい》さんたちの言葉なんて気にするな。おまえは、おまえがやりたいように行動すればいい」


熱い声援に背中を押されて、ピーターは出馬演説をはじめた。第一声こそ緊張で声が裏返ってしまったが、それからあとは、我ながら驚くほど気持ちよく話せた。そして自立と自由への思いを言葉を尽くして語った。

自立と自由を自分が知っているのは、それを学ぶ機会を志ある先達《せんだつ》が与えてくれたからだ。ならば自分は祖国にその風を吹かさねばならない。それが、血まみれになりながら自立と自由を守ろうとした先覚者に続くための使命である。

「僕らの愛するメコンの未来のためには、何が必要でしょうか。答えは一つです。すなわち、国民一人一人がより良き国になるために汗をかくことです。何より僕ら若い世代が未来に向かって突き進み、僕らの国を取り戻すのです。豊かな社会は、誰かに頼っていては実現しません。僕らが、自分の手と足と頭脳で勝ち取るものなのです」

大きな拍手が起こった。

「若造に何が出来る！　そんな批判もあるでしょう。でも、今までいくらでも何かを成し遂げるチャンスがありながら、それが出来なかった大人たちに、僕らを批判する資格があるのでしょうか」

群衆から声が上がる。

「若造にしか出来ないことで、批判の声も、心配も、懸念も、すべて打ち破る！　そして、我々の未来を我々で築くために、僕は立ち上がることにしました」

そこで、観衆を見渡した。

「僕は、大統領選挙に立候補します」

2

「皆さん、大変お待たせしました。いよいよメコンのヒロインの登場です」

熱狂的な歓声と楽団の躍動感のある音楽に迎えられ、パール一の繁華街であるマーケットサークル前の特設ステージに、純白のスーツに身を包んだグレイス・オハラが現れた。

涉は大群衆に紛れて、グレイスを見つめた。

「メコンの正統な血を引くプリンセス」と、地元の英字新聞は、グレイスを讃《たた》えていたが、それが誇張ではないことを、思い知らされた。政治とは、民主主義とは、理性だけでは届かないのかも知れない。有権者の〝心情〟を一度握ると、それを崩すのがこんなにも困難だとは思わなかった。

「私《わたくし》は、これまで政治というものから目を背けて生きてきました。なぜなら、政治は私の大切なものを、ことごとく奪い去ってしまったからです。先日は、遂に最愛の夫まで奪われてしまいました。その時に私は気づきました。自分自身で声を上げねばならない。私自身が愛を与える政治を実現し、私自身が愛ある国へと祖国を変えねばならない、と」

彼女の主張に同調する市民らが大歓声を上げ、拍手は鳴り止まない。

涉の周囲には身の安全のために、特殊部隊の隊員四人が私服姿で警護に当たっている。

「私の息子が、大統領選に出馬しました。そんなの……ありえない。息子は、皆が僕に大統領になって欲しいから出馬すると、言うのです」

そこで、グレイスは大袈裟に首を左右に振った。

「息子を政治の道具にしているのは、夫を殺した独裁者のジャン・シルバであり、長年、私たちを苦しめ続けてきたイギリスです。メコンの皆さん、愛を取り戻しましょう」

会場の熱気が一気にボルテージを上げた。

警護のチーフが、渉の二の腕を摑んで、実力行使に出た。

「危険です。撤退します」

渉も素直に従った。ここに、ピーター陣営やシルバの部下がいることが判明したら、きっとリンチに遭《あ》うだろう。

背後では、グレイスの演説が続いている。

「独裁者として君臨しようとしているシルバを許すわけにはいきません！　だから、私は断固たる決意で、大統領選挙に出馬することにしたのです！」

渉たちは群衆をかき分けて、汗だくになって抜け出した。

3

投票日まで、残り五日。

「皆さん！　はじめまして！　ピーター・オハラです！」

少数民族が暮らす街としては最大であるアマンで、彼らの常用語で語りかけるピーターの姿を見て、渉は安堵《あんど》した。聴衆は彼を好意的に受け止めている。

複数メディアの予測を総合すると、現在の情勢は、グレイスが首位で支持率四二%余り、その後を追う形でピーターが三八%と続く。当選の鍵は浮動票である残り二〇%、数にして約七二八万人の票の行方《ゆくえ》に掛かっていた。

浮動票の大半は都市部に集中しているため、グレイス陣営は、早々に選挙活動を大都市に絞り、きめの細かい遊説を展開していた。

対するピーター陣営は地方都市まで遠征し、支持者数を伸ばしていた。

しかし、メコンの人口は大都市に集中しているため、地方の票を獲得しても効果はさほどない。

それを熟知している選挙参謀のアンドレ・チャンスは、最後の五日間は大都市に活動を集中すべきだと訴えていたが、渉がアマンにだけは絶対に行くと言って譲《ゆず》らなかったのだ。

ジミー・オハラが二七歳で下院議員に初当選した時、メコンの人々は皆平等だとして、国境付近にいた少数民族の街や集落を歩いて回り、彼らを正式な国民として受け入れると呼びかけた。

少数民族は政府に依存しない代わりに、干渉も受けないという不文律があった。

ジミーがそれを破ろうとした理由は、一部の少数民族が非合法に麻薬の製造などを行い、国際的に非難されていたことへの対応や、極めて貧しい生活を送る人々への救済目的もあった。

この不文律が消えない限り、彼らはまともな医療や教育を受けられず、命を落としたり、幼い年齢で犯罪組織に加わってしまうという悲劇を食い止められない。たとえ都会に出たとしても、その待遇は劣悪を極めた。

ジミーは、その悪習を改め、少数民族にも、メコン国民としての誇りを持てるようになって欲しいと一念発起したのだ。

しかし、そんな思いとは裏腹に、当の少数民族から激しく抵抗された。憔悴《しょうすい》のなか訪れたアマンの街にジミーの考えに賛同する人物がいた。アマン族の長老として尊敬を集めていた故ドー・ヴァン・タオだ。

二人は三日三晩、話し合い、タオは、アマンで、九つの少数民族を集めた会議を開催すると約束した。

そしてその会議の冒頭で、ジミーは後世に残る演説をする。

「民族を超えた愛国心を共有出来る国民に」と題された演説は、約一五分の短いものだったが、ジミーは「この国のあらゆる民族の出自を皆が認め合うことから、国家は生まれる。そして、我々は誰もがメコン国民であると胸を張れるように、邁進《まいしん》していこうではないか」と締めくくり、喝采《かっさい》を浴びた。

その結果、全会一致で、少数民族は正式にメコン国民となることを決議した。

この記念すべき日は、「第二建国の日」と呼ばれている。だからこそ、ジミーの息子であるピーターは、アマンの地で、「第三の建国」を宣言しなければならないのだ。

渉が、アマンにこだわった理由は、もう一つある。トリチウムのことだ。

偶然発見された稀少燃料資源、トリチウムの鉱床は依然として不明だ。今のところ、アメリカも摑《つか》んではいないようだ。

その鉱山がアマン郊外にあることだけは、カートライト自身がジミーから直接聞いていた。

そこでピーターは故ドー・ヴァン・タオの息子フォンに会い、鉱山についての情報提供を求めた。

フォンによると、鉱山を発見した大学教授の助手はアマンの住人であるという。

その人物を探してみると確約してくれた。

「ご存じの方も多いでしょうが、我が父、ジミー・オハラは、この街で歴史に残る奮闘をしました。少数民族の代表を招集したアマン会議を実現し、メコンに住むすべての人々が、メコンという一つの国の国民として生きていくことを誓ったのです」

地元の支援者の話では、今ここに三万人は詰めかけているという。

「軍に怯《おび》えることなく、形だけの自由に泣くこともない、メコン国民一人ひとりが主役となって、この国の未来を考え行動する時代を創り出したい。それを、第三の建国と呼びたい！　そして、その第一歩は、このアマンから始めるべきだと私は考えています」

群衆の声援が地鳴りのように轟《とどろ》いた。

「父は、民族を超えてメコン国民として誇りを持てる国家を目指す道半ばで斃《たお》れました。私はその遺志を継いで新しいメコンの実現を目指します。そのために首都パールで最後の決戦に挑《いど》みたいんです！」

ピーターが「アマンに栄光あれ！　今この時から、メコンは第三の建国を迎えるのです！」と声高らかに叫び、演説を締めくくるため、特設ステージの最前まで進んだ時だった。

いきなりドゥエインがピーターに飛び掛かった。

ドゥエインと共に警護していた特殊部隊員が駆け出し、銃を構えたが、その一人の頭が吹っ飛んだ。

悲鳴が上がり、他の隊員が次々に、ドゥエインとピーターを楯《たて》で覆《おお》った。

渉も駆け寄ろうとするが、隊員に止められた。

ピーターとドゥエインが、待機していたワンボックスカーに運び込まれる。

渉も飛び乗ると、急発進した。

車内にいた隊員が、ピーターの上で動かないドゥエインを引き離す。二人とも血まみれだった。

「ピーター！」

渉の声に、ピーターの体が動く。

隊員がピーターの傷の状況を確かめた。

「どうやら、怪我《けが》はないようです」

ドゥエインの様子を確認していた別の隊員が首を横に振っている。

ピーターが慌てて、ドゥエインの体を起こした。

「どういうことだ⁉　一体、何が起きたんだ⁉」

「分かりません！　今、シルバ隊長から連絡がありました。我々は、このまま空港に向かいます。ちなみに、狙撃者は金髪の白人女性のようです」

まさか、サラ・ドイルってことか？

4

パールに戻った夜、アマンの警察本部長が、狙撃犯は、アメリカ大使館二等書記官、サラ・ドイルであると発表した。また、メコン警察庁長官が緊急記者会見を開き、ドイルが、ジミー・オハラ殺害に関与した疑いもあると告げた。

それらのニュースを聞いても、ピーターはただ呆然《ぼうぜん》とするばかりで、何も感じなかった。

とても、理性的な思考なんて出来そうにない。

警備を強化したホテルの一室で、ピーターは眠れぬ夜を過ごした。

「おまえは、俺たちの希望だ」と言うドゥエインの言葉を思い出すたび、こんなことで負けてはいけないと思う。

それでも、挫《くじ》けそうだった。

何もかもかなぐり捨てて、どこかへ行ってしまいたい。

その誘惑に負けそうだった。

スマホが振動した。渉が、LINE《ライン》でメッセージを送ってきた。

〝起きてたら、部屋に行っていいか〟とある。

〝待ってる〟

すぐにノックがあったが、用心深くドアスコープを覗いてから、ドアを開いた。

渉は、ソファに座り込んだきり、なかなか口を開こうとしなかった。それがピーターには、嬉しかった。

渉の隣に、腰を下ろした。

「さっきまで、明日からの行動スケジュールについて、シルバ隊長とアンドレさんと話していた」

「どうするって？」

「このまま選挙運動を続けるか。安全を最優先して、何もせずに投票日を待つか。シルバ隊長とアンドレさんは、ここに籠《こ》もるべきだと言っている」

「渉は、違うのか」

「俺は予定通り続けるつもりだ。だが、君に無理強《むりじ》いはしない」

「予定通りって、君一人でか」

「選挙運動は、候補者がいなくても続けられる。だから、俺は続けるよ。ここで止めるわけにはいかない」

「それは、ドゥの弔《とむら》いのつもり？」

「それも、なくはない。けど、一番は君に強く出馬を勧めた者としての責任だ」

「渉、そんな責任を感じる必要はない。確かに、君に背中は押された。でも、出馬は僕の意志だ」

渉は立ち上がると、窓際に近づき、カーテンを開いた。

「グレイスさんは一時間ほど前に、メコンを離れた」

「えっ？」

「メコン警察本部の捜査員が、アメリカ大使館に到着する直前に、ヘリで脱出し、海上に待機していたアメリカの空母に降り立ったそうだ」

もはや、言葉もなかった。

渉は、防弾ガラスのドアを開けた。

急に屋外のざわめきが耳に入ってきた。

「ホテルの周囲を、人々が埋め尽くしている。彼らの声が、聞こえるか」

「ピーター！　ピーター！」と連呼しているのが聞こえた。

ピーターの答えを待たずに、渉はベランダに出た。ピーターも渉に続く。

ベランダから眼下を見下ろした。

ホテルの中庭だけでなく、道路を埋め尽くすほどの人が集まっていた。

みんな、黄色い旗やシャツを振って叫んでいる。

「ピーター！　ピーター‼」

「彼らのために、俺は明日も、選挙活動を続ける」

ピーターは、いつしか身を乗り出していた。

誰かが、それに気づいた。

そして、大きな歓声が上がり、皆が声を揃えて、ピーターの名を連呼した。

エピローグ

開票が始まると同時に、ピーター・オハラの当選確実が決まった。立候補を取り下げたにもかかわらず、グレイスも一〇％余りの票を得た。

実質はピーターへの信任投票だったにもかかわらず、投票率は八九％にも達した。多くの有権者が、ピーターに期待した証《あかし》だ。

熱狂的な当選祝賀会の後、ピーターと渉《わたる》は、大統領官邸の一室で、二人だけのささやかな二次会を開いた。

カートライトが差し入れてくれたシングルモルトの逸品を開けて、乾杯した。

「まだ、信じられない」

ピーターの声は、まだうわずっていた。

「君が自分で勝ち取ったんだ。世界史上最年少の大統領の誕生だ」

「そうだ。僕からプレゼントがあるんだよ」

ピーターが一枚の紙を取り出した。

二人が初めて出会った時に渉がまいていたビラだった。

〝君は未来に何を望むか。

我々は、努力が報われる社会にしたい〟

今読み直すと恥ずかしい文言だ。

「こんなものを、よく持ってたな」

「ここに、渉の直筆のサインがあるだろ。僕はね、メコンで政治活動を始めた時に、自分も署名して、渉に渡そうと思っていたんだ」

ピーターは、日本で愛用していた万年筆を取り出した。そう言えば、メコンで使っているのを見たことがなかった。

「到着するなりあの騒ぎで、行方《ゆくえ》不明だったんだ。それが昨日、デイパックの中を徹底的に探したら見つかったんだ。これも運命だろ」

確か、イタリアのDELTA《デルタ》の〝Journal《ジャーナル》〟という名の万年筆だった。濃紺のペンには、螺鈿《らでん》のような模様が入っている。

ピーターは思い出のビラに筆を走らせるが、インクが出ない。

「まったく！」

首軸を回してインクを確認すれば、空《から》だ。このタイプは、替えインクが一本、胴軸《ボディ》に格納してある。

上下に振って替えインクを出そうとしたが、テーブルに落ちたのは、細く筒状に丸められた紙だった。

それを広げたピーターが息を呑《の》む。

「みんなが探していたのは、これかも」

紙には、メコン文字と数字が書かれていた。

「アマン・マリシ山とあるよ。数字はなんだろう」

「緯度と経度じゃないかな。数字の頭にNとEとある。でも、どうして」

「父さんが来日して、渉と僕と三人で食事をした夜、僕はホテルに万年筆を忘れてきてしまったんだ。後日、大使館員が渡してくれたんだけど。もしかして、あの時に父さんがこれを……」

それで、メモを仕込んだのか。

「もっと早く、見つけるべきだった」

「君のせいじゃないよ。むしろ、今まで見つからなかったからこそ、アメリカは諦めてくれたのかも知れないよ」

「とにかく、トリチウムの在処《ありか》が分かったことを祝って、もう一度乾杯だ!」

＊

ピーターの大統領当選の祝賀パーティ会場から抜け出したカートライトは、大使館に戻った。そして、「少しだけつきあえ」と言って、ヒューを自室に招いた。

「今回は、本当に世話になった。ありがとう」

「お礼を言うのは、私の方です。久しぶりに最前線の緊張感を味わわせて戴き、感謝しているんです」

ヒューはいい奴だ。

「既におまえのところにも連絡があったろうが、出来るだけ早くロンドンに帰れ」

「確かに指令は受け取りました。ただ、私としては、もう少しここにいたいと伝えて、一ヶ月の有給休暇を取りました」

「ヒュー」

「お辞めになるんですよね」

辞表は既に提出し、受理されている。

「ああ。老兵は去るのみだ」

「とても老兵とは思えませんが、でも、素晴らしいご勇退のタイミングだとも思っています。お疲れさまでした。だからこそ、私はここに残りたいんです」

「こんなところにいたら、一生冷や飯食らいだぞ」

「一度は、クビになりかけたんです。別に気にしません。それより、メコンが今後どうなっていくのかを見てみたい。ピーター・オハラ新大統領の方針は予想がつきませんが、我々としては守るべき利権もありますし」

それも全部返上して、英国も潔《いさぎよ》く撤退すべきなんだ。

「でもそれは、口実です。楽しみじゃないですか。あの若者に何が出来るのか。きっと様々な悪い奴らが彼に群がりますよ。その時に、少しは応援団がいた方がいいでしょうし」

「ヒュー、我が国こそ、その悪い奴らだというのを忘れたのか」

「だから、私のようなぼんくらが必要なんでしょ。本国の命令を全《まっと》う出来ず、いつもメコンに好きなように振り回されている」

どうやら、この国で悪い病《やまい》にかかったようだ。

「失礼します」

戸口にピーターが立っていた。新大統領のお出ましだ。

「少しだけお話ししたいことがあります」

ヒューが気《き》を利かせて退出した。

「飲むかね?」

「今夜は飲み過ぎました。お水を戴きます」

ペットボトルのミネラルウォーターを渡すと、新大統領は話し始めた。

「後方支援を戴き、本当にありがとうございました。カートライトさんのご助力がなければ、僕らはどうなっていたか分かりません」

「いや、我々は非力すぎたよ」

ピーターは静かに首を左右に振った。

「シルバ小父《おじ》さんから、カートライトさんは退職されると聞きました」

「私も年だからね」

「ロンドンに戻るんですか」

「まだ、決めてない。出来れば、もう少しここにいようかとも思っている」

「それを伺《うかが》って、安心しました。実はお願いがあるんです」

「私に出来ることなら、喜んで」

「外交担当特別補佐官になって戴けませんか」

「君は一体何を言い出すんだ」

「カートライトさんは、ただの大使館員ではないですよね。MI6の方？」

「我々は、SISと呼ばれる方を好むけどね」

「そういう方に、ぜひ助けて戴きたいんです」

「いや、ピーター、私のような者は黒子なんだ。そんな大役は務められないよ」

「我が国は、まだ最貧国ですよ。しかし、エネルギー資源や稀少燃料資源が採《と》れるお陰で、世界の強国が鵜《う》の目鷹《たか》の目で狙っている。あんなガキが大統領なら楽勝だと、甘く見られるでしょう。だからこそ、カートライトさんのような方にそばで支えて戴ければ心強いんですが」

参ったな。こんな展開は予想していなかった。

「シルバの差し金か」

「いえ、シルバ小父さんは知らないと思います。敢えて言えば、犬養渉《いぬかい》のアイデアです。僕も名案だと思ったのでお邪魔しました。ぜひ、お願い出来ませんか」

「私で本当に役に立つと思うのか」

「英国人は世界一狡猾《こうかつ》で陰謀上手ですから」

言ってくれる。

「やっぱり、一杯飲んでいけ」

テーブルにあるアードベッグを、ピーターのために注ぎグラスを掲げた。

「では改めまして大統領、よろしくお願いします」

「こちらこそ。そうだ。言い忘れていました。お宝の場所、分かったかも知れません」

ピーターは、嬉しそうに酒をあおった。

＊

「隊長がお会いになるそうです」

護衛三人に付き添われて、渉は秘密警察長官執務室に入った。

護衛官が下がったところで、渉はシルバに改めて礼を言った。

「ピーターも明日、ご挨拶に伺います」

「私が彼に挨拶に行くよ」

「僭越《せんえつ》ながら、お願いがあって参りました。今後もシルバ隊長には、ピーターを支えて戴きたいと思っています」

「いや、私の手は血で汚れている。新生メコンの大統領のそばにいるべきではない」

「ドゥエインのためにもお願いします。どうぞ、早まったことをされず、生きてピーターを支えてください」

「君は日本人だろう。武士の情けはないのか」

「主君のためなら身を挺《てい》し、恥《はじ》を晒《さら》しても生きながらえるのが、サムライです。ピーターは、いつ命を狙われるか分かりません。今はまだ軍部がおとなしいのも、あなたが臨時政府代表を務めておられるからです。ならば、ピーターのために、引き続き楯《たて》になってください」

「私に何をやらせたいんだ」

「国防大臣及び特別補佐官をお願いします。これは、ピーターからのお願いです」

「その特別補佐官というのはなんだ？」

「実質的な副大統領とお考えください。ただ、副大統領は、既にビン・チュオン元下院議長にお願いしています。シルバ隊長には、軍部のみならず、ピーターを食い物にしようとする政財界の厄介者《やっかい》たちに、睨《にら》みを利かせて戴きたいんです」

「それで、君はどうするんだ」

想定外の質問がぶつけられた。

「私は、部外者ですから。もちろん日本に帰りますよ」

「ならば、私は今の申し出を拒否する」

「何をおっしゃっているんですか。これは、あなた方の国の未来を切り拓《ひら》くための陣容です。私は関係ない」

「サムライなら、やりかけたことを完遂してはどうだ。ピーターが大統領になった今こそ、君のやりたいことがここで出来るんじゃないのかね。君が唱える民主主義の素晴らしさを我々に教えてくれ」

シルバの指摘に異論はない。

「私は、メコン国民ではないんです」

「ならば、なればいい」

「それは出来ません。私は日本人であることを誇りに思っています」

「ワタル君、お願いだ。どうか、ピーターのそばにいてやってくれ。そして、首席補佐官として、彼を導いてやって欲しいんだ。この通りだ」

シルバは、立ち上がると深々と頭を下げた。


〈了〉

謝辞

本作品を執筆するに当たり、関係者の方々から、様々なご助力を戴きました。深く感謝申し上げます。

お世話になった方を以下に順不同で記します。

ご協力、本当にありがとうございました。

なお、ご協力戴きながら、ご本人のご希望やお立場を配慮して、お名前を伏せさせて戴いた方もいらっしゃいます。

また、取材に出かけたミャンマーで、多くの方からお話を伺いましたが、現在の時節を勘案して、お名前の掲載を控えます。

工藤年博、中西嘉宏、五十嵐誠
本名純、金廣純子、片桐望美
金子将史、前田宏子、宮下量久
金澤裕美、柳田京子、花田みちの、阿部江里

大澤遼一、岡本宇弘、石井大智

ミャンマー取材や東南アジアの現状について、JICA（国際協力機構）からも貴重なアドバイスを戴きました。

【順不同・敬称略】

二〇二一年四月

【主要参考文献一覧】（順不同）

『文部省著作教科書　民主主義』文部省著　径書房
『民主主義〈一九四八―五三〉中学・高校社会科教科書エッセンス復刻版』文部省著　西田亮介編　幻冬舎
『民主主義ってなんだ？』高橋源一郎・ＳＥＡＬＤｓ著　河出書房新社
『ＳＥＡＬＤｓと東アジア若者デモってなんだ！』福島香織著　イースト・プレス
『アウン・サン・スー・チーはミャンマーを救えるか？』山口洋一・寺井融著　マガジンハウス
『ミャンマーを知るための60章』田村克己・松田正彦編著　明石書店
『ポスト軍政のミャンマー　改革の実像』工藤年博編　アジア経済研究所
『民主化のパラドックス　インドネシアにみるアジア政治の深層』本名純著　岩波書店

※右記に加え、政府刊行物やＨＰ、週刊誌や新聞各紙などの記事も参考にした。

解説

千街晶之《せんがいあきゆき》

真山仁《まやまじん》といえば、『ハゲタカ』（二〇〇四年）に代表される経済小説の書き手のイメージが強いけれども、東日本大震災後の日本に現れたカリスマ的な首相・宮藤隼《くどうはや》人《と》の光と闇を描いた『コラプティオ』（二〇一一年。現在「オール讀物」に続篇「オペラティオ」が連載中）、当選確率九九パーセントを誇る選挙コンサルタント・聖《ひじり》達磨《たつま》の活躍を描く『当確師』（二〇一五年）と『当確師　十二歳の革命』（二〇二〇年）など、政治の世界を舞台にした作品も手掛けている。本書『プリンス』も、その系列に連《つら》なる一冊だ。

本書は、「Voice」二〇一六年七月号から二〇一九年十月号まで四十回に亘《わた》って連載され、二〇二一年六月にＰＨＰ研究所から、大幅加筆して単行本として刊行された。

舞台となるのは、東南アジアにある架空の国家、メコン共和国。ラプチェット・

ドミノ大統領が率いる軍事政権が、事実上の独裁を敷いている状態だ。これに対し、メコンの民主化を志すジミー・オハラ上院議員はイギリスに亡命していたが、帰国して大統領選に出馬する意思を固めた。だが、アメリカで暮らす彼の妻グレイスはそれに反対している。

本書の主人公は、ジミーの息子で早稲田《わせだ》大学に留学中のピーター・オハラと、その親友となった学生・犬養渉《いぬかいわたる》である。渉は著名な憲法学者・犬養威史《たけふみ》の息子だが、象牙《ぞうげ》の塔に籠《こ》もる父には批判的で、立憲主義を守る政治団体「IPC」のメンバーとして、改憲を目論《もくろ》む現政権への抗議活動を繰り広げている。ジミー・オハラがメコンに戻ることになり、ピーターも帰国を決意、渉も民主化運動を手伝うべくメコンへと赴《おもむ》く。その頃、メコンにある稀少《きしょう》資源の利権をめぐって、米英両国の諜報《ちょうほう》機関が次期大統領選の裏で暗躍していた。そして、民主派が恐れていた最悪の事態が起こる。帰国したジミーが、飛行機のタラップを下りている最中に銃撃され、間もなく落命したのだ。次期大統領有力候補であり民主化の希望の星でもあったジミーの暗殺は、ピーターと渉の運命を狂わせ、ピーターの母グレイス、ドミノ大統領、軍の幹部、米英両国などの思惑が事態を複雑化させてゆく。渉は共同通信記者でゼミの先輩にあたる宇津見俊哉《うつみとしや》の助手という立場で、メコンがこの先どうなるかを見届けようとするが、彼も日本では絶対体験し得ないような危機に次々と襲われるのである。

メコン共和国という国名は、当然ながら東南アジア最長の河川であるメコン川を想起させる。この川は幾つもの国の領土や国境を縫《ぬ》うように流れているけれども、その中でメコン共和国のモデルにあたるのはミャンマーだろう。実際、PHP研究所普及局のnote《ノート》の記事「真山仁『プリンス』誕生秘話」（二〇二一年六月一日）には、〈真山先生が、『プリンス』の執筆に向けて動き出されたのは、2014年のことでした。シンガポール、ミャンマーなどの現地取材、日本国内の有識者への取材を経て、月刊誌「Voice」での連載が始まりました。3年にわたって掲載された作品に大幅な加筆修正を行ない単行本化したのが、このたび刊行された『プリンス』です〉という記述があるし、巻末の主要参考文献一覧にもミャンマー関連の本が多い。ここから考えても、メコンの主なモデルがミャンマーであることは確実である（作中、一九八七年にメコンで若き日のジミーらが「87デモ」という民主化運動に関わったことになっているが、これは、ミャンマーで一九八八年八月八日に行われた「8888民主化運動」をモデルにしたと思われる）。

本書の連載が完結した二〇一九年の時点では、ミャンマーは二十数年続いた軍事政権から二〇一一年に民政移管が始まり、二〇一五年には民主化運動に長年関わってきたアウンサンスーチーが率いる国民民主連盟（NLD）が総選挙で勝利し、翌年には彼女が事実上の元首である国家顧問に就任、民主的政権の誕生が世界各国から も歓迎されていた状態だった。しかし、その裏には、政権内で長年の政敵同士が睨《にら》み合い、仏教ナショナリズムが台頭《たいとう》し、ムスリム系の少数民族ロヒンギャの虐《ぎゃく》殺《さつ》や、アウンサンスーチーを国家顧問にする法案を作ったNLDの法律顧問の暗殺事件（ともに二〇一七年）も起こるという不安定極まりない状況が存在していた。結果たしてその薄氷の均衡は破れ、二〇二一年二月一日にミャンマー軍がアウンサンスーチーらを拘束して権力を掌握《しょうあく》するというクーデターを起こし、それに対して抗議の声を上げた民衆に容赦なく実弾を発砲するなどの弾圧を行った。この解説を執筆している二〇二四年二月末現在もその状況は続いており、ミャンマーの民主化の先行きには暗雲が垂れ込めていると言わざるを得ない。

しかし、ジミーの暗殺の状況を見るならば、一九八三年八月二十一日にフィリピンで起きた、ベニグノ・アキノ・ジュニア元上院議員暗殺事件をなぞっていることは一目瞭然《いちもくりょうぜん》だろう。彼はフェルディナンド・マルコス大統領の独裁政権下にあって、国民に広く人気があった政治家であり、政権によって国外追放されていた。しかし、亡命先のアメリカから帰国した際、マニラ国際空港で飛行機のタラップを下りている最中に射殺された。この暗殺事件でマルコスは国内外から激しく批判され、一九八六年のエドゥサ革命（マルコス政権による大統領選挙の開票操作に抗議した民衆がデモを起こし、軍幹部も大統領に反旗を翻《ひるがえ》した）により政権は崩壊し、マルコス一族はアメリカに亡命、ベニグノ・ジュニアの妻コラソン・アキノが第十一代大統領に就任した。なお、ベニグノ・ジュニアとコラソンの息子ベニグノ・アキノ三世は第十五代大統領となっており、本書のジミー、グレイス、ピーターというオハラ一家には、ベニグノ・ジュニア、コラソン、ベニグノ三世というアキノ一家のイメージがある程度投影されていると見るべきだろう。ミャンマーに限らず、東南アジアの複数の国家をモデルにしたのがメコン共和国であると考えて良さそうだ。

一九八〇年代のアジア諸国の民主化運動の背景には東西冷戦があったが、二〇一九年を舞台とする本書では、アメリカやイギリスなどの大国の暗躍を描く上で、当時の時代背景はそのままでは使えない。そこで本書では、メコンという国に稀少燃料資源があり、各国がその利権を狙っているという設定を導入している。このあたりは、『コラプティオ』の宮藤隼人首相が、ウラン鉱山が発見されたアフリカ西部の小国ウエステリアのクーデターに介入するくだりを想起させる。

二〇一九年に中国・武漢《ぶかん》で発生し、二〇二〇年に世界中に蔓延《まんえん》したコロナ禍では、中国などの対策が一時は成果を挙げたこともあり、民主主義国家より権威主義国家がこうした危機では効率的に対策を立てられるのではないかという意見も唱えられた。また、民主主義国家の盟主たるアメリカにドナルド・トランプのような大統領が出現したことは、民主主義のシステムにバグが存在する可能性を人々に意識させるに充分だった。

本書では、権威主義国家メコンの荒廃《こうはい》した現状とともに、民主主義国家の暗部も描かれる。その代表とも言うべき米英両国は、本書では資源目当てにメコンの政争に介入しようとする勢力として描かれる。現在、イスラエルと、パレスチナのガザ地区を統治する武装勢力ハマスとの紛争が繰り広げられているが、そもそもパレスチナ問題において、イギリスはフサイン＝マクマホン協定、サイクス・ピコ協定、バルフォア宣言という三つの矛盾《むじゅん》する協定を使い分けた三枚舌外交で紛争を引き起こした元凶に他ならないし、アメリカの政治家たちは民主党・共和党を問わず国際社会の批判など無視してイスラエルに肩入れし、ガザ地区におけるイスラエル軍の非人道的行為を積極的に制止する姿勢はほぼ見られない。本書においても、両国の本音を知るジミーは距離を置こうとしており、だからこそ彼の暗殺は大統領配下の軍部の暴走だけでなく、外国の仕業という可能性も孕《はら》んでいる。民主主義の代表という仮面の下で謀略を繰り広げてきたこの両国の介入に対し、ピーターたち民主化勢力がどのように駆け引きを繰り広げるかも本書の読みどころなのである。

それにしても、『プリンス』というタイトルは意味深長だ。これはピーターのことだと思われるが（なお、連載版ではオハラ一家がウィリアム・シェイクスピアの戯曲「ハムレット」のデンマーク王家の見立てであることが強調されていた。すなわち、ピーターが王子ハムレット、ジミーが父王、グレイスが王妃ガートルード、連載版ではもっと出番が多かったジミーの弟ジェフが叔父《おじ》クローディアスということになる）、普通に考えれば、プリンスとは王の息子なのだから民主的イメージには相応《ふさわ》しくない。日本における二世・三世政治家の増加、北朝鮮の指導者の三代世襲などがアジアによく見られる同族による政治的特権独占の代表例だが、アジア諸国に女性元首が増えたのも、必ずしも先進的な男女平等の観点からではなく、父や夫や兄から権力を継承するケースが多いことは無視できない（世界初の女性首相であるスリランカのシリマヴォ・バンダラナイケ元首相、インドのインディラ・ガンジー元首相、フィリピンのコラソン・アキノ元大統領、タイのインラック・シナワトラ元首相など）。

そう考えれば、本来の大統領候補だったジミーの後を妻グレイスが継ごうと息子ピーターが継ごうと、オハラ・ファミリーの血筋を象徴として民衆が支持したという点では変わりがないとも言える。もしかすると、父の夢を継いだピーターも、やがて怪物的な人間へと変貌《へんぼう》するのかも知れない——『当確師　十二歳の革命』で、首相の対抗馬として擁立《ようりつ》された人物の志を継いだ息子の暗い側面が最後に暗示されたように。美しい理想を掲げた政治家が堕落したり、独裁者と化したりする例は、世界史上、数限りなく存在する。ミャンマー民主化の希望の象徴だったアウンサンスーチーですら、国家顧問就任後は国軍によるロヒンギャの虐殺を国際社会に対して否定したのだから。

本書のラストでは、渉がある選択を迫られる。それに対し、彼がどう答えたかは描かれない。しかし、渉がピーターを支え、導く立場を選んだならば、ピーターに道を誤らせない舵《かじ》取りを行えるのかも知れない。社会の事象から問題を見つける視点、それを問題であると訴えるための構築力。それらを渉から学べば、ピーターは真の民主主義をメコンに根づかせられるだろう。メコンも、またモデルとなった現実の国々も、平穏な世を迎えられることを期待するばかりである。

（ミステリ評論家）

本書は、二〇二一年六月にＰＨＰ研究所から刊行された作品に加筆・修正を行なったものです。
物語は、フィクションであり、実在の個人・団体等は一切関係ありません。

［編集部注］
本書の章扉の文章は、『文部省著作教科書　民主主義』からの引用です。原本の旧字体は、新字体に、仮名遣いのうち「〳〵」などの踊り字は、現在の一般的な表記に変更しました。

制作協力：ＰＨＰエディターズ・グループ

著者紹介
真山　仁（まやま　じん）
1962年、大阪府生まれ。87年、同志社大学法学部政治学科卒。同年4月、中部読売新聞（のち読売新聞中部支社）入社。フリーライターを経て2004年、企業買収の壮絶な舞台裏を描いた『ハゲタカ』で衝撃的なデビューを飾る。
主な著書に、累計発行部数270万部突破の「ハゲタカ」シリーズ（講談社）をはじめ、『ブレイク』（KADOKAWA）、『ロッキード』『神域』『標的』『売国』（以上、文春文庫）、『レインメーカー』（幻冬舎文庫）、『当確師』『当確師　十二歳の革命』（以上、光文社文庫）、『トリガー』（角川文庫）などがある。

ＰＨＰ文芸文庫　プリンス

2024年４月24日　第１版第１刷

著　者	真　山　　仁
発行者	永　田　貴　之
発行所	株式会社ＰＨＰ研究所

東京本部　〒135-8137　江東区豊洲5-6-52
文化事業部　☎03-3520-9620（編集）
普及部　☎03-3520-9630（販売）
京都本部　〒601-8411　京都市南区西九条北ノ内町11
PHP INTERFACE　https://www.php.co.jp/

組　版	朝日メディアインターナショナル株式会社
印刷所	大日本印刷株式会社
製本所	東京美術紙工協業組合

　ISBN978-4-569-90392-7

PHP文芸文庫

官邸襲撃

高嶋哲夫 著

日本の首相官邸をテロ集団が占拠。女性総理と来日中のアメリカ国務長官が人質となるなか、女性ＳＰがたった一人立ち向かう！

PHP文芸文庫

再建の神様

江上 剛 著

失意のなか挫折した銀行員がたどり着いたのは、倒産の危機に瀕した温泉旅館だった。人と企業の再生を描いた、胸が熱くなる傑作長編。

PHP文芸文庫

逃亡刑事

中山七里 著

警官殺しの濡れ衣を着せられた、千葉県警捜査一課警部・高頭冴子。事件の目撃者の少年を連れて逃げる羽目になった彼女の運命は？

PHP文芸文庫

人工知能

幸田真音 著

試験中の自動運転車が人を轢いた――これは事故か、事件か、それともＡＩの限界か。人工知能の未来に警鐘を鳴らす衝撃のサスペンス。